Linda Chapman

Stardust

Die magische Katze

Aus dem Englischen von Julia Walther

Illustrationen von Kirsten Straßmann

KOSMOS

Für Lola und Amany – meine kostbaren Sternenstaub-Elfen.

Umschlaggestaltung von Atelier Reichert, Stuttgart, unter Verwendung einer Illustration von Mel Grant. Innenillustrationen von Kirsten Straßmann, Recklinghausen. Aus dem Englischen übersetzt von Julia Walther.

Titel der englischen Originalausgabe:
Stardust – Stolen Magic
Published by the Penguin Group, Puffin Books, London 2006

„Die magische Katze" ist der 4. Band der Reihe „Stardust";
siehe auch S. 137.

ISBN 978-3-440-10729-4

Redaktion: Julia Röhlig
Grundlayout: Ralf Paucke
Produktion & Satz: DOPPELPUNKT Auch & Grätzbach GbR, Stuttgart
Printed in the Czech Republic / Imprimé en République tchèque

1

Der Vollmond stand hoch am Himmel und erhellte die kleine Waldlichtung. Ein Eichhörnchen sprang vom Ast einer Eiche herunter. Es huschte übers Gras. Plötzlich blieb es stehen und wandte das Köpfchen nach oben, als drei Mädchen lachend und rufend durch den Nachthimmel über den Baumwipfeln angeflogen kamen.

„Hab dich", jauchzte Lucy Evans. Mit den Fingerspitzen berührte sie Eves blaues Kleid. Das lange, kastanienbraune Haar wirbelte ihr um den Kopf, als sie kurz darauf Mara erwischte. „Und dich auch!", lachte sie.

Dann verharrte Lucy schwebend in der Luft. Ihr eigenes Kleid glitzerte golden im Sternenlicht. „Wo ist denn Alexa?", wollte sie wissen.

Die Luft hinter ihr vibrierte leicht, als Lucys beste Freundin, Alexa Greenwood, plötzlich auftauchte. „Hier bin ich!"

„Das ist geschummelt!“, protestierte Mara. „Wir haben nicht ausgemacht, dass tarnen erlaubt ist, Alexa!“

Alexa warf ihre blonden Locken zurück. „Aber wir haben es auch nicht verboten.“

Lucy witterte ihre Chance und stürzte sich schnell auf Alexa. „Erwischt!“, rief sie, als sie Alexas silbernes Kleid berührte.

Alexa lachte. „Na gut. Du hast mich geschnappt. Wer ist als Nächstes dran?“

„Wir sollten lieber mit unseren Aufgaben weitermachen.“ Eve flog hinunter zum Waldboden. „Bevor der Winter kommt, muss hier auf dieser Lichtung einiges erledigt werden.“

Lucy gesellte sich zu ihr. Die Zweige waren bereits halb kahl und der Boden war dick mit Herbstlaub bedeckt. Als Lucy damals erfahren hatte, dass sie eine Sternenstaub-Elfe war, sprossen gerade die ersten Blätter und in den Bäumen nisteten die Vögel. Kaum zu glauben, dass sie sieben Monate zuvor noch nie von den Sternenstaub-Elfen gehört hatte. Alexa war es gewesen, die ihr alles darüber erzählt hatte. Sie hatte Lucy erklärt, dass jedes menschliche Wesen Sternenstaub in sich trägt. Doch manche Menschen besitzen mehr Sternenstaub als andere. Sie können sich bei Einbruch der Dunkelheit in Sternenstaub-Elfen verwandeln – aber nur, wenn sie fest genug an die Magie glauben.

Lucy hatte herausgefunden, dass sie eine solche Sternenstaub-Elfe war. Seither flog sie jede Nacht in den Wald, um sich dort mit den anderen Sternenstaub-Elfen zu treffen. Zusammen schützten sie die Natur und kümmerten sich um Pflanzen und Tiere. Außerdem brachten sie gemeinsam die Schäden wieder in Ordnung, die rücksichtslose Menschen in der Natur anrichteten. Bei dieser Arbeit halfen den Sternenstaub-Elfen ihre Zauberkräfte.

Das Eichhörnchen hüpfte zu Lucy herüber. Das Mädchen ging in die Hocke. „Hallo, mein Kleines", sagte sie leise.

Im Blick des Tierchens lag Neugier, aber keine Angst.

Lucy lächelte. Eines der besten Dinge am Sternenstaub-Elfen-Dasein war, dass die wilden Tiere im Wald keine Angst vor ihnen hatten. Einige wenige, sehr mächtige Elfen konnten sogar mit den Tieren sprechen. Lucy wünschte sich, auch so viel Macht zu besitzen. Eines Tages vielleicht, dachte sie und sah hinauf zu den Sternen.

Dann rief sie Alexa und Mara, die immer noch darüber diskutierten, ob es beim Fangenspielen erlaubt war, sich zu tarnen. Tarnen gehörte auch zur Sternenstaub-Magie: Alle Elfen konnten die

Farbe des Hintergrunds annehmen und wurden dadurch so gut wie unsichtbar. „Eve hat Recht – wir sollten uns um diese Lichtung hier kümmern."

„Womit fangen wir am besten an?", fragte Eve, als Mara und Alexa zu ihnen heruntergeflogen kamen. Sie war die kleinste der vier Freundinnen und sah mit ihren kurzen blonden Haaren und dem herzförmigen Gesicht aus wie eine Fee. „Sollen wir das ganze Laub wegräumen?"

„Nur einen Teil", meinte Alexa. „Die Blätter auf dem Boden schützen die Frühjahrsblumen wie Schneeglöckchen und Krokusse vor dem Frost. Außerdem bieten sie ein gutes Versteck für die kleineren Tiere." Alexa wusste vieles über den Wald. Ihre Mutter Xanthe war auch eine Sternenstaub-Elfe. „Wir müssen die Blätter um die Büsche herum wegräumen, damit die Tiere sich darin für den Winterschlaf einrichten können. Dann müssen wir überprüfen, ob die Bäume gesund sind, keine abgebrochenen Zweige oder kranke Stellen haben. Und ob es in der Nähe ihrer Wurzeln genug Wasser gibt."

„Okay. Wenn du die Blätter zu Haufen zusammenwehst“, schlug Eve vor, „dann kann ich mit meinen Zauberkräften die Bäume bewässern.“ Alexa war eine Herbst-Elfe, deshalb konnte sie den Wind herbeizaubern. Eve als Winterelfe hatte die Kraft, es regnen, hageln oder schneien zu lassen.

Es gab vier Arten von Sternenstaub-Elfen – Frühlings-, Sommer-, Herbst- und Winterelfen – und jede besaß ihre besonderen Zauberkräfte.

Mara, eine Frühlingselfe, konnte Dinge zum Wachsen bringen. Deshalb sagte sie: „Ich werde noch ein paar Brombeerbüsche wachsen lassen, damit die Igel, Hasen und anderen Tiere genügend Plätze für ihren Winterschlaf haben.“

Lucy runzelte die Stirn und überlegte, was sie wohl tun könnte. Als Sommerelfe konnte sie Dinge aufwärmen und Feuer entfachen. Doch für was war das jetzt nützlich? „Ich könnte diese kranken Bäume und die abgebrochenen Zweige dort drüben abbrennen“, schlug sie vor.

„Prima!“, rief Alexa. „Und los geht’s.“

Die Mädchen machten sich an die Arbeit. Lucy schlenderte zu einer Erle mit einem großen, halbzerborstenen Ast hinüber.

Langsam streckte sie die Hände aus. *„Feuer, komm herbei!"*, flüsterte sie und zeigte auf den Ast. Hitze strömte durch ihren Arm. Es knisterte und plötzlich stand der Ast in Flammen.

Ja!, dachte Lucy aufgeregt. Das Feuer loderte, während die Flammen das tote Holz verzehrten. Als sie den Stamm hinauf in Richtung des gesunden Baumteils züngelten, hob Lucy wieder die Hände und das Feuer bewegte sich nicht mehr weiter.

Mit einem Krachen brach der verbrannte Zweig schließlich ab. Er fiel ins trockene Laub, aus dem sofort Funken stoben. *„Feuer, hinfort!"*, befahl Lucy.

Zischend erloschen die Flammen.

Ein Gefühl der Macht durchkribbelte Lucy. Sie grinste. Als frisch gebackene Sternenstaub-Elfe war es ihr schwer gefallen, ihre Zauberkräfte zu kontrollieren. Aber inzwischen war das kein Problem mehr. Sie wandte sich dem nächsten Baum zu – einer alten Eiche, die mitten zwischen anderen Bäumen stand. Der Stamm war geborsten und die Rinde schon dunkel durch eine Krankheit. Das würde ihre nächste Aufgabe sein, beschloss Lucy. Doch ein Stück daneben war noch ein kranker Baum und dann noch ein anderer, von dem ein großer Ast abgebrochen war. Sie musste sich um so viele Bäume kümmern, dass es endlos dauern würde. Außer natürlich ...

Ein Gedanke schoss ihr durch den Kopf.

Schaffe ich das?, fragte Lucy sich. Ihr Herz klopfte laut. So würde es jedenfalls sehr viel schneller gehen.

Lucy holte tief Luft und konzentrierte sich auf die Baumgruppe. In Gedanken stellte sie sich das Sternbild des Löwen vor. Zu diesem Sternbild gehörte der Königliche Stern Regulus, der allen Sommerelfen ihre Kraft verlieh. So früh in der Nacht war der Löwe noch nicht am Himmel zu sehen. Doch während Lucy sich alle Sterne vorstellte, spürte sie, wie Magie durch sie hindurch floss.

„Schutzschild, komm herbei!“, flüsterte sie und zeigte dabei auf die Bäume, die um die Eiche herumstanden. Magie kribbelte über ihre Haut, als die Luft um die Bäume herum zu flimmern begann. Lucy konzentrierte sich weiter ganz fest, während noch mehr Kraft aus den Sternen in sie hineinfloss.

„Feuer, komm herbei!“ Ihre Worte hallten durch den Wald – klar und mächtig – fast, als sei es nicht ihre eigene Stimme.

Einen Moment lang bemerkte Lucy, dass Alexa, Eve und Mara plötzlich alle zu ihr hersahen. Doch ein lautes Rauschen lenkte ihre Aufmerksamkeit wieder auf die Gruppe von Bäumen zurück. Die kranken Bäume hatten nun Feuer gefangen und die Flammen schlugen in einer riesigen Hitzesäule bis hinauf in den Himmel.

Nur ganz entfernt vernahm Lucy die erschreckten Rufe ihrer Freundinnen. Die Energie pulsierte durch ihren Körper, stärker und mächtiger als je zuvor. Lucy verlor sich in diesem Gefühl von Macht. Das hier war echte Magie! In diesem Zu-

stand hatte sie das Gefühl, jede kleinste Erhebung auf allen Zweigen, die Adern jedes Blattes im Feuer erkennen zu können.

Mehr, dachte sie, und öffnete sich der Macht. Ich will mehr.

„Lucy!“ Eves ängstlicher Ruf drang in Lucys Bewusstsein. „*Regen*“, piepste Eve, bleich vor Furcht, „*komm …*“

„*Feuer, hinfort!*“, kam ihr Lucys Befehl zuvor.

Es knisterte kurz und das Feuer war verschwunden. Zurück blieb nur Asche und eine dicke Rauchwolke. Lucy atmete mit einem langen, zittrigen Seufzer aus, während die Energie langsam in ihr verebbte. Im nächsten Moment war sie von ihren Freundinnen umringt.

„Was war denn da los?“, hustete Alexa. „Ich dachte, die ganze Lichtung steht gleich in Flammen. *Wind, komm herbei!*“, befahl sie. Sofort blies eine Windbö den Rauch fort.

„Oh, Lucy“, rief Eve. „Hast du die Kontrolle verloren? Ich dachte schon, ich müsste versuchen, alles mit Regen zu löschen.“

„Jetzt müssen wir die ganzen Bäume und Büsche rings um die Eiche herum wieder wachsen lassen." Mara wirkte ziemlich sauer.

Ein Lächeln breitete sich auf Lucys Gesicht aus. Das köstliche Gefühl des Triumphs durchströmte sie. „Nein, müssen wir nicht."

Die anderen machten erstaunte Gesichter.

„Seht doch", meinte Lucy.

Wie aufs Kommando drehten sich alle zu der Baumgruppe um. Die kranken Bäume und das kaputte Holz waren verschwunden, doch nicht ein einziges Blatt der gesunden Pflanzen war verbrannt oder auf irgendeine Weise beschädigt. Das einzige Überbleibsel des Feuers war ein Haufen Asche und die letzten Reste der Rauchfahne, die Alexas Windbö über die Lichtung wehte.

„Die gesunden Bäume sind völlig unbeschädigt", stellte Mara verwundert fest.

„Richtig", bestätigte Lucy. Sie war vor Begeisterung ganz aus dem Häuschen. Sie hatte das ganze kaputte Holz verbrannt und das gesunde erhalten.

„Aber wie ...?", setzte Eve verwundert an.

„Ich weiß!" Alexa machte große Augen. „Du hast deine höhere Magie verwendet, stimmt's, Lucy? Du hast sie mit deinem normalen Sommerzauber kombiniert."

Lucy nickte. Abgesehen von ihren normalen Zauberkräften beherrschten alle Sternenstaub-Elfen außerdem höhere Magie, die jedoch viel schwieriger zu benutzen und zu kontrollieren war. Als Sommerelfe konnte Lucy ein magisches Schutzschild um alles herum aufbauen, das sie beschützen wollte. Und genau das hatte sie mit den gesunden Bäumen gemacht. Noch nie zuvor hatte sie versucht, ihre Schutz-Magie und den Feuerzauber gleichzeitig anzuwenden. Aber das Gefühl war einfach genial gewesen.

Eve schlug sich die Hand vor den Mund.

„Wow!" Alexa sah Lucy mit respektvollem Blick an.

„Lucy!" Mara hingegen klang eher bestürzt als beeindruckt.

„Was denn?" Lucy hatte ja schon mit irgendeiner Reaktion gerechnet, aber ihre Freundin sah sie an, als sei sie eine Fremde. „Was ist denn los?"

„Hast du nicht gewusst, dass man nicht beide Arten von Magie gleichzeitig benutzen soll?", wollte Mara wissen. „Dass es gefährlich ist?"

„Mir hat man gesagt, dass wir es nicht ausprobieren sollen, bis wir viel älter sind", stimmte Eve zu.

„Das hab ich nicht gewusst." Lucy fühlte sich unwohl.

Alexa grinste sie an. „Wie dem auch sei – ich finde, das war ziemlich cool, Lucy. Ich hab noch nie von jemandem in unserem Alter gehört, der beide Arten Magie gleichzeitig angewendet hat. Genial, dass du das geschafft hast."

Lucy warf ihr ein dankbares Lächeln zu.

„Mach's noch mal", forderte Alexa. „Auf diese Weise werden wir mit der Lichtung viel schneller fertig."

„Nein!", protestierte Mara. „Es könnte doch gefährlich sein!"

Lucy zögerte. Einerseits hätte sie es gerne noch einmal versucht. Doch Maras Gesichtsausdruck sagte ihr, dass sie damit nur einen Streit provoziert hätte. „Keine Sorge, Mara“, seufzte sie. „Ich werde nur meinen Feuerzauber benutzen.“

Sie machten sich wieder an die Arbeit. Sorgfältig brannte Lucy einen Baum nach dem anderen ab, bis nur noch die gesunden mit den starken Ästen übrig waren. Die ganze Zeit jedoch musste sie daran denken, wie es sich angefühlt hatte, als so viel Energie von den Sternen durch sie hindurch geflossen war. Es war ihr egal, ob es gefährlich war. Sie musste es einfach wieder tun!

„Deine Magie vorhin auf der Lichtung war echt beeindruckend“, meinte Alexa, als sie und Lucy später über die Felder nach Hause flogen.

Insgeheim stimmte Lucy ihr zu, doch sie wollte nicht, dass ihre Freundin sie für eingebildet hielt. Deshalb zuckte sie bloß mit den Schultern, als sei es keine große Sache. „Danke.“ Dann wechselte sie schnell das Thema. „Hast du heute Nachmittag auch den Umzugswagen vor dem Lavender Cottage gesehen?“, fragte sie.

Alexa wohnte im Willow Cottage, links von Lucys Zuhause, dem Jasmine Cottage. Das Lavender Cottage lag auf der anderen Seite.

Alexa nickte. „Sieht aus, als würden neue Leute einziehen. Wie die wohl sind?“

„Vielleicht begegnen wir ihnen ja morgen Früh“, meinte Lucy. „Wann kommst du zu uns rüber?“

Alexa würde das Wochenende bei den Evans verbringen. Ihre Mutter Xanthe fuhr zu einer Konferenz über Naturheilmedizin.

„So gegen neun, wenn das passt“, antwortete Alexa. „Dann muss Xanthe los.“

Am Anfang war es Lucy sehr komisch vorgekommen, dass Alexa ihre Mutter beim Vornamen nannte, doch inzwischen hatte sie sich daran gewöhnt. Manchmal hatte man das Gefühl, als wäre Xanthe eher so etwas wie Alexas Freundin oder große Schwester als ihre Mutter. Sie war noch recht jung und schien nicht viele Regeln für Alexa aufzustellen. Nicht so wie Lucys Eltern. Die waren ziemlich streng. „Prima, dann bis später“, meinte Lucy, als sie bei den Cottages ankamen.

Lucy flog durch ihr Schlafzimmerfenster und landete sanft auf dem Boden. Normalerweise sagte sie dann sofort den Spruch auf, der sie wieder in ein normales Mädchen verwandelte. Sie hatte Angst, jemand könnte vielleicht hereinkommen. Diesmal jedoch stellte sie sich ans Fenster und sah hinaus zu den Sternen. Das Sternbild des Löwen tauchte eben am Himmel auf.

Lucy seufzte. Sie hatte im Internet nach dem Sternbild des Löwen gesucht. Der Legende nach stellte es angeblich einen riesigen und furchtbar starken Löwen dar. Der Krieger Herkules hatte gegen diesen Löwen gekämpft und ihn schließlich besiegt. Danach hatte er das Fell des Löwen als Umhang getragen und es hatte ihn sicher und warm gehalten. Deshalb besaßen Sommerelfen die Macht, magische Schutzschilde herbeizuzaubern. Die höheren Kräfte, die jede Sternenstaub-Elfe besaß, hatten alle mit den Mythen zu tun, die sich um ihre Sternbilder rankten.

Der Löwe schien Lucy mit seiner Helligkeit in den Bann zu ziehen. Ihr fiel wieder ein, wie es sich angefühlt hatte, den Feuer- und den Schutzschildzauber gleichzeitig zu verwenden. Sie sehnte sich danach, diese Macht erneut zu spüren. Doch sie wusste, dass Mara und wahrscheinlich auch Eve sie davon abhalten würden. Außer natürlich, sie war nicht mit ihnen zusammen. Außer, sie war allein …

Ich könnte jetzt noch einmal zurückfliegen.

Kaum war der Gedanke in Lucys Kopf aufgetaucht, schob sie ihn auch schon wieder beiseite. Immer wieder hatte Xanthe die Freundinnen gewarnt, keine Alleingänge zu unternehmen. Es war zu gefährlich. Und die anderen würden es nicht verstehen. Entschlossen schüttelte Lucy den Kopf. *„Sternenstaub hinfort“*, murmelte sie und ihr goldenes Kleid verwandelte sich wieder in ihren alten Pyjama. Mit einem Seufzer kletterte Lucy in ihr Bett. Es war die richtige Entscheidung, versuchte sie sich selbst zu überzeugen. Doch sie lag noch lange wach und immer wieder tauchte in ihren Gedanken das Sternbild des Löwen auf …

2

Punkt neun am nächsten Morgen standen Alexa und Xanthe vor der Tür. Lucy hatte eine unruhige Nacht hinter sich. Die Sehnsucht, noch einmal die Macht des doppelten Zaubers zu spüren, hatte sie nicht losgelassen. Umso mehr freute sie sich jetzt über den Besuch ihrer Freundin. Alexa würde sie schon von all den verwirrenden Gedanken ablenken.

„Sollen wir nach Mr Brown sehen?", schlug Alexa vor, nachdem sie ihre Tasche in Lucys Zimmer abgestellt hatte.

Lucy nickte. Mr Brown war ihr Kaninchen. „Ich muss sowieso seinen Stall ausmisten. Magst du mir dabei helfen?"

„Klar doch." Wie Lucy liebte auch Alexa alles, was mit Tieren zu tun hatte.

Sie liefen hinaus in die kühle Morgenluft. Zu-

erst setzten sie Mr Brown in seinen Auslauf und misteten dann das dreckige Stroh aus. Als sie damit fertig waren, hatten sie ganz schön kalte Hände. Lucy wollte gerade frisches Stroh holen, als sie plötzlich eine Gänsehaut bekam und in der Bewegung innehielt.

Dann drehte sie sich schnell um.

„Was ist los?“, erkundigte Alexa sich überrascht.

„Ich weiß es nicht genau“, antwortete Lucy. „Ich hab nur so ein komisches Gefühl.“ Das Bild ihres Kaninchen tauchte vor ihrem inneren Auge auf. „Mr Brown!“, rief sie. Auf einmal war Lucy sich ganz sicher, dass hier etwas nicht stimmte. Sie lief quer durch den Garten hinüber zu seinem Auslauf.

„Nein!“, brüllte sie, als sie sah, was los war.

Mr Brown saß dicht am Boden gekauert und zitterte vor Angst, während eine große schwarze Katze mit zuckendem Schwanz um das Gehege herumschlich.

Bei Lucys Schrei hob die Katze den Kopf. Lucy sah in grüne Augen und etwas durchzuckte sie wie ein Blitz. Sie wusste nicht warum, aber plötzlich hatte sie furchtbare Angst! Sie rannte auf das Tier zu. „Lass Mr Brown in Ruhe!“, rief sie, während es ihr kalt den Rücken hinunterlief. „Mach, dass du wegkommst!“

Die Katze sprang davon und mit einem Satz auf die Backsteinmauer hinauf, die Lucys Zuhause vom Lavender Cottage trennte. Dort kauerte sie sich hin und starrte Lucy an. Die grünen Augen schienen schlau und listig zu funkeln.

„Fort mit dir! Schttt!“, rief Lucy. Für gewöhnlich liebte sie Katzen, aber diese hier wollte sie seltsamerweise nicht in ihrer Nähe haben.

Die Katze sprang von der Mauer und verschwand im Nachbargarten.

Lucy drehte sich um. Armer Mr Brown. Bestimmt hatte er große Angst. Alexa hob ihn gerade aus seinem Auslauf. Mit zuckenden Schnurrhaaren kuschelte er sich in ihren Arm, die schokoladenbraunen Ohren hatte er eng an den Kopf gelegt.

Schnell lief Lucy zu den beiden hinüber und Alexa übergab ihr Mr Brown. „Hier ist er. Es geht ihm gut. Er hat nur einen kleinen Schreck bekommen.“

Lucy vergrub die Nase im weichen Hasenfell. „Mein armer Kleiner."

„Wo kam denn diese Katze her?", fragte Alexa verwundert. „Die hab ich noch nie vorher gesehen."

Lucy zuckte ratlos mit den Schultern. „Ich mag sie nicht."

Alexa nickte. „Ich weiß, was du meinst. Als sie da auf der Mauer saß, wurde mir plötzlich richtig kalt."

„Mir auch!" Lucy war so froh, dass es ihrer Freundin genauso gegangen war.

„Ich frage mich, wo sie wohl herkommt." Dann kam Alexa ein Gedanke. „Vielleicht gehört sie euren neuen Nachbarn."

Lucys Laune sank. Das Letzte, was sie wollte, war, dass diese Katze nebenan wohnte.

Sie setzten Mr Brown in seinen Auslauf zurück und gaben ihm ein paar Leckerli, damit er sich von seinem Schreck erholte. Dann gingen sie hinüber zur Mauer, um nachzuschauen, ob die Katze irgendwo im Garten zu sehen war. Doch keine Spur.

„Vielleicht wohnt sie ja doch nicht hier“, meinte Lucy hoffnungsvoll.

In diesem Moment öffnete sich die Verandatür und eine Frau trat heraus. Sie war um die Vierzig, klein und zierlich mit glänzendem, schwarzem Haar, das sie hinter die Ohren geklemmt hatte. Sie lächelte. Bevor die Mädchen sich ducken konnten, hatte die Frau sie schon entdeckt. „Hallo“, rief sie freundlich.

„Hallo.“ Es war Lucy peinlich, dabei erwischt zu werden, wie sie über die Mauer spähten.

„Ich bin Maggie Chambers.“ Die Frau kam zu ihnen herüber. „Und ich bin gerade erst eingezogen.“

„Ich heiße Lucy“, erklärte Lucy. „Und das ist Alexa.“

„Ich wohne drüben im Willow Cottage“, ergänzte Alexa. „Ich bin nur heute bei Lucy.“

„Schön, euch beide kennen zu lernen“, sagte Maggie lächelnd. „Ich habe mich schon gefragt, wer wohl unsere Nachbarn sind.“

Alexa lächelte zurück. „Haben Sie Kinder?“

Maggie schüttelte den Kopf. „Nein, leider nicht. Wir sind nur zu zweit, Miss Graves und ich. Sie ist schon achtzig und ich bin ihre Betreuerin. Das bedeutet, dass ich bei ihr wohne und sie versorge. Ach, und dann ist da natürlich noch Meg, meine Katze. Sie ist schwarz und hat grüne Augen. Ihr seht sie bestimmt noch."

Lucy seufzte innerlich. Also wohnte die Katze *doch* nebenan.

In diesem Augenblick wurde eines der Fenster im Untergeschoss klappernd geöffnet und eine alte Dame sah heraus. Lucy zuckte zusammen. Sie sah aus wie eine richtige Hexe. Ihr schütteres graues Haar trug sie in einem Knoten und ihr Kopf schien irgendwie geschrumpft zu sein. Die faltige Haut war von unzähligen braunen Leberflecken übersät. Die alte Frau streckte die knotigen Hände aus dem Fenster. Sie sahen aus wie Klauen. „Ich will meinen Staub zurück!", piepste sie mit ihrer hohen, alten Stimme. „Meinen Staub!" Ihre blassen, blauen Augen mit den roten Rändern richteten sich auf Lucy und Alexa.

„Gebt mir meinen Staub zurück“, wimmerte sie verzweifelt.

Erschrocken sahen Lucy und Alexa Maggie an.

„Macht euch keine Sorgen“, beruhigte diese sie. „Miss Graves ist ein wenig verwirrt wegen des Umzugs.“ Sie wandte sich um. „Schon in Ordnung, Miss Graves“, sagte sie fröhlich. „Kein Grund zur Aufregung.“

„Mein Staub!“ Die Stimme der alten Dame war jetzt nur noch ein heiseres Krächzen.

Maggie warf den beiden Mädchen einen Blick zu. „Ich gehe mal besser. Bis bald.“ Eilig lief sie ins Haus. Einen Moment später sahen Lucy und Alexa, wie Miss Graves weggeführt und das Fenster geschlossen wurde.

Lucy wandte sich von der Mauer ab. „Das sind also unsere neuen Nachbarn“, meinte sie zögerlich. Sie fühlte sich ein bisschen zittrig, konnte aber nicht sagen warum. Wahrscheinlich war es nur der Anblick der alten Dame, beruhigte sie sich selbst.

Wie immer sprach Alexa das aus, was Lucy sich

so nicht zu sagen getraut hätte. „Miss Graves ist ganz schön gruselig, was? Diese ganze Geschichte mit dem Staub – was sollte das denn?"

„Sie ist halt alt", meinte Lucy. „Alte Leute sind oft verwirrt." Sie erinnerte sich noch gut daran, dass ihre Oma auch so gewesen war, bevor sie starb.

„Mit Maggie würde ich nicht tauschen wollen",

sagte Alexa und schüttelte sich. „Ich würde mich nicht um Miss Graves kümmern wollen. Sie sieht aus wie eine Hexe."

„Ich weiß", stimmte Lucy zu. „Maggie scheint aber nett zu sein, oder?"

Alexa nickte. „Schade wegen ihrer Katze. Du wirst wohl gut auf Mr Brown aufpassen müssen."

Lucy nickte. „Ich frag mal meinen Vater, ob wir den Auslauf näher ans Haus verlegen können." Sie sah sich um. „Wir sollten den Stall fertig machen, dann können wir ihn da wieder reinsetzen. Dort ist er wenigstens sicher."

Sie beendeten ihre Arbeit. Als sie Mr Brown gerade zurück in seine Behausung gebracht hatten, trat Mrs Evans auf die Terrasse heraus. „Ich habe Schokoladenkekse gebacken. Wollt ihr zwei welche haben?"

„Au ja", riefen Lucy und Alexa im Chor.

Sie folgten Mrs Evans ins Haus.

„Euch muss ganz schön kalt sein", meinte sie, als sie den Mädchen Apfelsaft einschenkte und den Teller mit den noch warmen Keksen herumreichte. „Ihr seid ja eine halbe Ewigkeit draußen gewesen.“

„Wir haben unsere neue Nachbarin getroffen“, erzählte Lucy. „Sie heißt Maggie. Sie wohnen dort zu zweit. Maggie und eine alte Dame namens Miss Graves.“

Ihre Mutter hörte aufmerksam zu. „Ich hatte schon vor, später mal nebenan zu klingeln und ein paar von den Keksen als Willkommensgruß vorbeizubringen. Ihr zwei könnt doch mitkommen.“

Lucy war alles andere als begeistert. „Muss das sein?“

„Ja“, sagte Mrs Evans mit Nachdruck. „Das gehört sich so.“

Lucy wusste, dass es keinen Sinn hatte, zu widersprechen. Wenn es um gutes Benehmen und Manieren ging, waren ihre Eltern sehr streng. Manchmal wünschte sie, ihre Eltern wären mehr wie Xanthe. Alexa durfte so ziemlich alles tun, was sie wollte. „In Ordnung“, seufzte sie. „Wir kommen mit.“

3

Maggie schien sich sehr zu freuen, als sie nachmittags bei ihr klingelten. „Wie nett von Ihnen vorbeizukommen“, sagte sie, nachdem Mrs Evans sich vorgestellt hatte. „Kommen Sie doch herein. Und vielen Dank für die Kekse.“

Lucy folgte ihrer Mutter und Alexa in den langen engen Flur. Die Wände waren zwar hell gestrichen, doch die Möbel waren alle dunkel und altmodisch. Obwohl Maggie und Miss Graves ja erst einen Tag hier wohnten, fühlte es sich schon wie das Haus eines alten Menschen an. An den Wänden hingen Katzenbilder und als Lucy beim Vorbeigehen ins Esszimmer spähte, sah sie auf dem Kaminsims jede Menge Krimskrams.

Maggie führte sie ins Wohnzimmer. Von dort aus sah man hinaus in den Garten. Miss Graves saß in einem roten Lehnsessel mit einer Decke über den Knien. Ihr Gesicht glich beinahe einem Totenkopf und wieder musste Lucy an eine Hexe denken.

„Miss Graves, das hier sind unsere neuen Nachbarn." Maggies Stimme war betont fröhlich.

Die alte Dame sagte nichts. Stattdessen sah sie die Besucher nur aus ihren wässrigen, blauen Augen an.

Maggie schenkte Mrs Evans ein breites Lächeln. „Sie ist heute nicht ganz auf der Höhe. Wissen Sie was, ich setze uns jetzt eine schöne Tasse Tee auf."

Sie verließ das Zimmer.

Mrs Evans trat näher. „Hallo, Miss Graves", sagte sie sanft. „Ich bin Carol. Ich wohne mit meinem Mann und unseren drei Töchtern nebenan. Sie heißen Rachel, Hope und Lucy. Lucy ist die Jüngste." Sie legte ihre Hand auf Lucys Arm und zog sie zu sich heran. Lucy kam sich ziemlich blöd vor, wie sie so schweigend dastand. „Und das hier ist Alexa Greenwood, die im Haus neben uns wohnt. Sie verbringt das Wochenende bei uns."

Lucy spürte, wie es ihr kalt den Rücken herunterlief und sie drehte sich um. Im Türrahmen hockte die schwarze Katze. Sie sah Lucy einen Moment lang an, bevor sie davonschlich. Lucy fröstelte. Diese Katze gefiel ihr ganz und gar nicht.

Einige Minuten später kehrte Maggie zurück. „So, bitte schön“, meinte sie fröhlich und rollte einen Teewagen mit Tassen, zwei Gläsern Orangensaft und einem Teller Kekse herein. „Bitte, nehmen Sie doch Platz.“

Mrs Evans setzte sich in den Sessel neben Miss Graves. Lucy und Alexa entschieden sich fürs Sofa. Während Maggie den Tee einschenkte, nestelte Lucy an ihrem Uhrenarmband herum. Sie hatte das Gefühl, als wäre irgendwie nicht genug Luft zum Atmen im Zimmer.

Maggie reichte ihr eines der Saftgläser. Mühsam brachte sie ein „Dankeschön“ heraus. Schließlich nahm Maggie auf der anderen Seite von Mrs Evans Platz.

„Sind Sie berufstätig?“, erkundigte sie sich bei Mrs Evans.

Lucy Mutter begann, von ihrer Arbeit als Mathematiklehrerin zu erzählen.

Wie lange müssen wir wohl noch bleiben?, überlegte Lucy und sah sich um. In einer Glasvitrine entdeckte sie eine Stiluhr. Abgesehen von der Uhr standen dort noch weitere seltsame Objekte herum. Eines davon fiel Lucy besonders auf. Es handelte sich um eine große Glaskugel, die auf einem schwarzen Sockel stand. Das Innere der Kugel strahlte, als enthielte sie goldenes Licht. Bevor sie richtig bemerkte, was sie tat, stand Lucy auf und ging hinüber. Aus der Nähe erkannte sie, dass es sich bei dem Licht in Wirklichkeit um lauter winzige, goldene Körnchen handelte, die umher wirbelten. Was brachte wohl den Staub dazu, sich zu bewegen? Ein elektrischer Antrieb? Sie streckte die Hand aus, um die Kugel zu berühren.

„Mein Staub!", rief Miss Graves plötzlich.

Lucy machte einen Satz. Die alte Dame hatte sich aus ihrem Stuhl hochgerappelt und tapste nun mit ausgestreckter Hand auf Lucy zu. „Mein

Staub!“, krächzte sie. „Ich will meinen Staub zurück!“

Wie Klauen schlossen sich ihre Finger um Lucys Pulloverärmel. „Gib mir meinen Staub.“

Panisch sah Lucy sich nach ihrer Mutter um, doch im nächsten Augenblick stand Maggie schon neben ihr. „Tut mir Leid, Lucy“, entschuldigte sie sich schnell. „Kommen Sie, Miss Graves.“ Mit sanfter Gewalt löste sie Miss Graves’ Griff von Lucys Pulli. „Setzen Sie sich wieder hin.“

Der verzweifelte Ausdruck verschwand aus Miss Graves’ Augen und sie ließ sich zu ihrem Sessel zurückführen.

„Tut mir sehr Leid“, murmelte Maggie an Mrs Evans gewandt. „Sie ist heute wirklich nicht in sehr guter Verfassung.“

Mrs Evans lächelte verständnisvoll. „Ein Umzug ist ja auch ein ziemlich großes Ereignis.“

Lucy fühlte sich unwohl und warf Alexa einen Blick zu. Überrascht stellte sie fest, dass ihre Freundin extrem blass war.

Besorgt stupste Lucy sie an. „Geht's dir gut?“

Alexa schüttelte den Kopf. „Ich ... mir ist irgendwie komisch.“

Nun machte sich auch Mrs Evans Sorgen. „Was ist los mit dir, Alexa?“

„Mir ... ist schlecht“, stammelte Alexa.

„Oh je.“ Mrs Evans erhob sich hastig. „Wir bringen dich besser mal nach Hause. Vielleicht brütest du einen Infekt aus.“ Sie lächelte Miss Graves an. „Es war sehr nett, Sie kennen zu lernen. Nächstes Mal müssen Sie uns zu Hause besuchen.“ Die alte Dame nickte vage. Mrs Evans und die Mädchen verabschiedeten sich rasch und verließen das Haus.

Als sie die Einfahrt hinuntergingen, sah Lucy über die Schulter zurück. Einer der Vorhänge bewegte sich, als würde jemand am Fenster stehen.

„Wie fühlst du dich jetzt?“, erkundigte Mrs Evans sich bei Alexa.

„Mir ist nicht mehr schlecht, dafür habe ich jetzt Kopfweh“, antwortete diese mit schwacher Stimme.

„Dann halte ich es für das Beste, wenn du nach oben gehst und dich eine Weile ausruhst.“

Alexa warf Lucy einen Blick zu. Lucy wusste sofort, was das hieß: Alexa wollte mit ihr reden – und zwar allein.

Doch als sie wieder zu Hause im Jasmine Cottage waren, bestand Mrs Evans darauf, dass Alexa sich erst einmal hinlegte. Und Lucy sollte unten in der Küche bleiben, um beim Mittagessen zu helfen. Nur mit Mühe konnte Lucy ihre Mutter überzeugen, dass sie vor dem Essen besser noch einmal nach ihrer Freundin sehen sollte.

„In Ordnung“, meinte Mrs Evans schließlich.

„Aber bleib nicht zu lang."

Dankbar ergriff Lucy die Flucht. Vorsichtig öffnete sie die Tür zu ihrem Zimmer. Drinnen tigerte Alexa unruhig auf und ab.

„Alles in Ordnung?", wollte Lucy wissen, während sie die Tür hinter sich schloss. „Was ist denn los?"

„Oh, Lucy!" Alexa stürmte auf sie zu und ergriff ihre Hände. „Was sollen wir bloß tun?"

„Weswegen?" Lucy bekam langsam Panik. Noch nie hatte sie Alexa so besorgt gesehen.

„Wegen Miss Graves." Alexas Worte überschlugen sich fast. „Hast du die Kristallkugel voller Staub nicht gesehen? Hast du die seltsamen Schwingungen in der Luft nicht gespürt?"

„Doch", entgegnete Lucy zögerlich. „Ja und?"

„Das ist doch ganz offensichtlich." Alexa starrte sie an. „Miss Graves ist eine Elfe der Dunkelheit!"

Lucy runzelte die Stirn. „Eine was?"

„Eine Elfe der Dunkelheit", flüsterte Alexa ängstlich.

4

Lucy sah ihre Freundin an. „Was ist eine Elfe der Dunkelheit?"

„Das sind Sternenstaub-Elfen, die böse geworden sind", antwortete Alexa. „Sie sind der Versuchung der Macht erlegen und haben aufgehört, mit anderen Elfen zusammenzuarbeiten und Gutes zu tun. Alles, was sie wollen, ist noch mehr Macht. Dafür tun sie alles. Sogar", sie schluckte, „den Sternenstaub von anderen Sternenstaub-Elfen stehlen."

„Wie meinst du das?"

„Mit Hilfe ihrer magischen Kristallkugeln", erklärte Alexa. „Sie fangen normale Sternenstaub-Elfen, halten die Kugel gegen deren Stirn und sagen einen Zauberspruch. Der Sternenstaub verlässt die Elfe und wandert in die Kristallkugel. Damit haben die dunklen Sternenstaub-Elfen die

Macht darüber und können ihn jederzeit einsetzen."

„Und was passiert mit den Sternenstaub-Elfen, denen sie den Sternenstaub gestohlen haben?" Lucy war nicht sicher, ob sie die Antwort überhaupt hören wollte.

Alexa biss sich auf die Lippe. „Sie können nie wieder Sternenstaub-Elfen werden. Ohne ihren Sternenstaub sind sie für immer gefangen in ihrem menschlichen Körper. Sie erinnern sich daran, eine Sternenstaub-Elfe gewesen zu sein, aber sie können sich nie wieder verwandeln. Es ist schrecklich. Kannst du dir vorstellen, über die Sternenstaub-Welt Bescheid zu wissen, aber keine Elfe mehr sein zu können?"

Lucy fand es absolut unvorstellbar. „Aber was hat das alles mit Miss Graves zu tun?", wollte sie wissen. „Sie kann keine Elfe der Dunkelheit sein. Sie ist alt und zerbrechlich."

„Ich weiß. Das ist ehrlich gesagt seltsam. Dunkle Elfen verwenden ihre Kräfte normalerweise dazu, jung zu bleiben. Aber ich bin sicher, dass sie eine ist“, wiederholte Alexa. „Ich hatte so ein komisches Gefühl, als wir drüben im Haus waren. Du nicht?“ Lucy nickte. „Und dann stand da die Kristallkugel in der Vitrine“, fuhr Alexa fort. „Die Kugel aus Glas – mit dem Staub darin. Ich bin sicher, das war eine magische Kristallkugel.“

„Dann waren diese ganzen goldenen Staubkörnchen Sternenstaub!“, rief Lucy. „Was machen wir jetzt bloß?“

„Ich muss unbedingt mit Xanthe reden“, beschloss Alexa. „Ich werde sie auf dem Handy anrufen.“

Sie liefen nach unten. Mrs Evans kam gerade aus der Küche. „Geht's dir wieder besser?“

„Ja, danke“, antwortete Alexa höflich. „Könnte ich vielleicht meine Mutter anrufen?“

„Das Mittagessen ist gerade fertig“, sagte Mrs Evans. „Ruf sie doch einfach anschließend an.“

Alexa blieb nichts anderes übrig, als zuzustimmen. Die beiden Mädchen setzten sich an den Küchentisch. Doch Lucy stellte fest, dass ihr der Appetit vergangen war.

Eine Elfe der Dunkelheit, dachte sie, eine dunkle Elfe wohnt nebenan. Sie musste Alexa Recht geben. Fast alles, was diese über dunkle Elfen erzählt hatte, schien auf Miss Graves zu passen. Lucy erinnerte sich daran, wie die alte Dame immer wieder gesagt hatte: ‚Gebt mir meinen Staub'.

Vielleicht hat sie irgendwie gespürt, dass wir Sternenstaub-Elfen sind, dachte Lucy aufgeregt. Vielleicht wollte sie unseren Sternenstaub!

Sie konnte es kaum erwarten, dass das Mittagessen vorbei war und sie Xanthe anrufen konnten.

Doch als es schließlich soweit war, befand sich Lucys Mutter ständig in Hörweite. Darum konnte Alexa Xanthe überhaupt nichts von Miss Graves und ihrem Verdacht berichten.

„Wir müssen es heute Nacht einer der anderen erwachsenen Elfen erzählen", flüsterte Lucy Alexa auf dem Weg zurück in ihr Zimmer zu.

Alexa nickte. „Rebecca zum Beispiel. Sie ist Xanthes Freundin. Sie wird wissen, was zu tun ist."

Mara und Eve saßen in den Zweigen der Buche, als Lucy und Alexa in dieser Nacht auf die Lichtung im Herzen des Waldes geflogen kamen. Dort trafen sich jede Nacht die Sternenstaub-Elfen.

„Hallo, ihr zwei!“, begrüßte Eve sie. Dann bemerkte sie ihre ernsten Gesichter. „Was ist los?“

„Jede Menge“, antwortete Alexa. In wenigen Worten berichtete sie von Miss Graves.

Eve und Mara waren schockiert. „Das sollten wir gleich Rebecca erzählen“, drängte Mara.

Rebecca stand neben der alten Eiche in der Mitte der Lichtung und unterhielt sich mit zwei anderen Erwachsenen – Tom und Adam. Rebecca war eine Sommerelfe wie Lucy und trug ein wunderschönes goldenes Kleid. „Hallo, Mädels“, sagte sie, als die vier Freundinnen vor ihr schwebten. „Kann ich euch helfen?“

„Ja!“ Die Worte sprudelten nur so aus Alexa heraus. „Wir glauben, dass eine Elfe der Dunkelheit neben Lucy eingezogen ist!“

Man sah den Gesichtern der Erwachsenen an, wie bestürzt sie waren.

„Eine dunkle Elfe?“, fragte Rebecca hastig nach. „Erzählt uns alles.“

Lucy und Alexa berichteten von ihrem Besuch bei Miss Graves am Nachmittag, von dem beklemmenden Gefühl, das sie in deren Haus befallen hatte, und von der Kristallkugel voller goldener Staubkörnchen.

„In Ordnung, ich werde das morgen Früh gleich überprüfen“, sagte Rebecca schließlich. „Ich wohne ja auch im Dorf. Da ist es eine ganz normale nachbarschaftliche Geste, vorbeizugehen und mich vorzustellen.“

„Wie kannst du erkennen, ob Miss Graves *tatsächlich* eine Elfe der Dunkelheit ist?“ fragte Lucy.

„Normalerweise ist es ziemlich offensichtlich“, antwortete Rebecca. „Wenn man sich in der Nähe einer dunklen Elfe befindet, hat man das Gefühl, als würde man ersticken. Das hat mit den Zauberkräften zu tun, die sie umgeben. Sie haben so viel Macht, dass ihre Magie die der anderen verdrängt.“ Sie sah die verängstigten Gesichter der Mädchen. „Jetzt macht euch mal nicht zu viele Sorgen“, sagte sie. „Wenigstens habt ihr uns gewarnt. Da können wir auf der Hut sein und morgen sollten wir die Wahrheit wissen.“

Lucy und ihre Freundinnen nickten und flogen davon.

„Schaurig!“, meinte Eve, als sie sich in den Bäumen auf der anderen Seite der Lichtung niederließen.

„Ziemlich“, stimmte Mara ihr zu. „Denkt nur, eine dunkle Elfe könnte jetzt da draußen sein.“ Sie zeigte auf die schattenhaften Umrisse der Bäume hinter ihnen.

„Besser wir denken nicht zu viel darüber nach“, sagte Lucy schnell. „Spielen wir eine Runde Verstecken?“

Die anderen nickten. „Sollen ... sollen wir vielleicht besser hier auf der Lichtung bleiben?“, schlug Eve vorsichtig vor. Lucy hörte ihr deutlich an, dass Eve der Gedanke an eine dunkle Elfe auf der Suche nach Sternenstaub Angst machte.

„In Ordnung“, meinte sie. „Ich fange an.“

Sie schloss die Augen und zählte bis dreißig, während die anderen sich versteckten, indem sie sich tarnten. Alle Sternenstaub-Elfen besaßen die Fähigkeit, sich zu tarnen. Das bedeutete, dass sie die Farbe des Hintergrunds annahmen und dadurch so gut wie unsichtbar wurden. Doch wenn man ganz genau hinsah, erkannte man, dass die Luft an dieser Stelle irgendwie flimmerte. Lucy entdeckte Eve, die sich vor dem Stamm der Eiche getarnt hatte und Alexa vor dem Sternenhimmel. Mara zu finden war schon schwieriger, denn sie war besonders gut im Tarnen. Doch schließlich erspähte Lucy das verräterische Schimmern in der Luft vor einem Stechpalmenbusch.

„Hab dich!“, rief sie und schoss in einem Bogen hinunter.

Mara lachte. „Wer ist jetzt dran?“

„Ich!“, sagte Eve. „Ich bin zuerst gefunden worden.“ Sie schloss die Augen und begann zu zählen.

Schnell flog Lucy zu einer Erle auf der anderen Seite der Lichtung hinüber. Der Baum hatte einen kräftigen Stamm und auf dem Boden davor lag eine Schicht goldenes Laub. Lucy setzte sich auf die Blätter, rollte sich so klein zusammen, wie sie nur konnte, und konzentrierte sich auf ihre Tarnung. Es war viel schwerer, richtig unsichtbar zu bleiben, wenn man sich nicht bewegte. Trotzdem würde sie es vielleicht hinbekommen, wenn sie sich nur genug anstrengte.

Über ihr raschelte und zitterte das Laub. Manche Leute nannten Erlen die ‚Flüsterbäume'. Und es klang wirklich so, als würden die Blätter sich

gegenseitig etwas zuflüstern. Xanthe hatte ihr und Alexa erzählt, dass die Menschen früher geglaubt hatten, dass Erlen den Eingang zum Feenreich markierten. Es gab Geschichten darüber, wie sich ihre Stämme gespalten hatten und Menschen den Feen hineingefolgt waren. Lucy fröstelte. Bisher hatte sie gedacht, diese Geschichten seien nur Unsinn. Aber vielleicht handelte es sich bei den Feen ja um Elfen der Dunkelheit und die Menschen waren *wirklich* in den Erlenstämmen verschwunden ...

Lucy sah, wie Eve auf der gegenüberliegenden Seite der Lichtung Mara vor den Zweigen einer Eiche entdeckte. Ein Windhauch strich durch die verbliebenen Blätter einer Buche in der Nähe. Einige von ihnen lösten sich von den fast kahlen Ästen. Langsam trudelten sie zu Boden. Lucy schaute zu, wie sie sanft im Luftzug tanzten – gold, rot und braun ...

Während sie das bunte Treiben verfolgte, breitete sich ein Gefühl von Wärme in ihr aus. Die Farben schienen um sie herumzuwirbeln. Einen Moment lang kam es Lucy fast so vor, als wüsste sie, wie es war, ein Blatt zu sein. Zu wachsen, im lauen Frühlingswind zu rascheln, die Wärme der Sonne zu spüren und schließlich zu Boden zu sinken, um dort für immer zu liegen ...

„Stopp“, flüsterte sie und schaute gebannt auf ein einzelnes Blatt. Der Befehl kam aus ihrem Mund, bevor sie es richtig bemerkte.

Das Blatt blieb mitten in der Luft hängen. Dort schwebte es, etwa einen Meter über dem Gras.

Lucy blinzelte überrascht.

Sofort begann das Blatt, sich wieder zu drehen und zu fallen.

Stopp!, dachte Lucy wieder.

Das Blatt stand still. Es zitterte leicht in der Luft, von der Schwerkraft angezogen, doch von Lucys Magie festgehalten.

Lucy war so erstaunt, dass sie vergaß, sich auf ihre Tarnung zu konzentrieren.

„Hab dich!“, rief Eve von oben.

Lucy sah, dass auch Alexa und Mara herbeigeflogen kamen.

„Was war denn los?", wollte Eve wissen. „Ich konnte dich problemlos sehen!" Als sie Lucys verwirrten Gesichtsausdruck bemerkte, hielt sie inne. „Ist etwas passiert?", fragte Eve schnell.

„Ich ... ich ..." Lucy konnte es nicht erklären. „Seht euch das an!" Sie wartete kurz, bis eine neue Windbö ein Blatt langsam zu Boden treiben ließ. „Schaut auf das Blatt."

Lucy starrte darauf und versuchte, das Gefühl von gerade eben wiederzuerwecken. Das Blatt kreiselte, orange und rot. Sie konzentrierte sich, aber versuchte gleichzeitig auch loszulassen. Warme Magie strömte von überall her in sie hinein. Die Welt ringsherum schien zu verblassen ...

Stopp!, dachte Lucy.

Das Blatt blieb in der Luft hängen, genau wie das andere zuvor.

Lucy hörte, wie ihre Freundinnen überrascht nach Luft schnappten. Sie ließ das Blatt fallen und fing es in Gedanken wieder auf. Drei Mal wiederholte sie dieses Spielchen, bevor sie das Blatt endgültig zu Boden sinken ließ.

„Aber ... aber ... wie hast du das gemacht?“ Mara war fassungslos.

„Ich weiß es nicht“, sagte Lucy. „Ich saß einfach nur hier und habe die Blätter beobachtet. Da ist es passiert. Ich dachte *Stopp* und das Blatt, das ich ansah, hielt in der Luft an.“

„Seltsam“, kommentierte Eve.

Lucy schaute Alexa an, in der Hoffnung, dass sie eine Erklärung hatte. „Manche Sternenstaub-Elfen können tatsächlich Dinge am Fallen hindern“, sagte diese. „Es ist so etwas wie eine zusätzliche Zauberkraft. Aber das sind nur ganz wenige Elfen und ich habe noch nie von einer in unserem Alter gehört, die es geschafft hat.“ Sie warf Lucy einen beinahe misstrauischen Blick zu.

Lucy wandte sich wieder an Mara und Eve. Doch auch die sahen drein, als käme Lucy von einem anderen Stern.

In diesem Moment kam Rebecca herbeigeflogen. „Hallo, ihr vier!“ Da bemerkte sie plötzlich die etwas seltsame Stimmung. „Ist alles in Ordnung?“, fragte sie besorgt.

„Ja ... äh, klar“, stotterte Lucy.

„Lucy hat nur gerade entdeckt, dass sie Dinge am Fallen hindern kann“, sagte Alexa langsam, den Blick immer noch unverwandt auf Lucy gerichtet.

Rebecca war eine Sekunde lang stumm. „Wirklich? Das ist wunderbar, Lucy! Es gibt nicht viele Elfen, die das können. Mach mal vor.“ Lucy führte noch einmal die Sache mit dem Blatt vor. „Meine Güte!“, staunte Rebecca. „Komm mit, das musst du den anderen zeigen!“

Sie führte Lucy hinüber zur großen Eiche, wo diese ein weiteres Mal ihre Zauberkünste bewies. Diesmal für die anderen Erwachsenen – Adam, Laura und Tom. Jetzt, da sie wusste, was sie zu tun hatte, wurde es von Mal zu Mal einfacher, sich in Gedanken in den richtigen Zustand zu versetzen. Sie stoppte eine Nuss, die Adam in die Luft warf, und dann gleich fünf Blätter auf einmal. Als sie diese schließlich fallen ließ, war ihr fast schummrig vor Magie. Beim Anblick der verblüfften Gesichter der erwachsenen Elfen musste sie grinsen.

Es war ein tolles Gefühl, so von ihnen angesehen zu werden.

„Ich habe noch nie von jemandem in deinem Alter gehört, der Dinge am Fallen hindern kann." Tom klang äußerst beeindruckt. „Und dann auch noch so mühelos. Das braucht normalerweise jahrelange Übung."

„Wie machst du das?", wollte Laura von Lucy wissen.

„Es passiert irgendwie", erklärte sie. „Ich schaue den Gegenstand einfach an und sage dann in Gedanken *Stopp*."

Die Erwachsenen blickten sich an.

„Du hast ziemlich viel Macht, Lucy“, meinte Adam. „Erstaunlich viel für jemanden deines Alters. Wenn du älter wirst und mehr über die Magie lernst, wirst du herausfinden, dass du auch noch andere Zauberkräfte hast.“

„Was für welche?“ fragte Lucy atemlos.

„Mit Tieren zu sprechen, zum Beispiel. Oder deinen Körper zu verlassen, um in die Zukunft sehen zu können“, antwortete Adam. „Es gibt eine ganze Menge verschiedener Kräfte, die Sternenstaub-Elfen besitzen können.“

Rebecca nickte. „Die Magie umgibt uns überall in der Natur. Wenn du älter wirst, lernst du, Kraft aus dieser Magie zu ziehen. Du wirst das Rauschen des Windes verstehen, den plätschernden Fluss, das raschelnde Gras. Alle Sternenstaub-Elfen üben, diese Magie zu nutzen. Doch meistens sind es nur die mächtigsten, denen es gelingt.“

„Ich habe einmal gesehen, wie Xanthe mit den Vögeln gesprochen hat“, erinnerte sich Lucy. „Meinst du, das kann ich eines Tages auch?“

Rebecca sah sie einen Moment lang an. „Mit der Kraft, die du in dir trägst, wirst du alles können, was du willst. Da bin ich mir sicher."

Lucy war sprachlos. Machte Rebecca Witze? Doch ihre Augen waren absolut ernst und Lucy bemerkte, dass auch die anderen Erwachsenen nickten.

Ein Gefühl der Freude durchströmte sie. Plötzlich wollte sie vor lauter Glück am liebsten herumspringen und schreien. Sie konnte sich gerade noch bremsen. Das breite Lächeln auf ihrem Gesicht konnte sie jedoch nicht zurückhalten. Sie sah, dass die Mädchen die Szene aus einiger Entfernung beobachteten. Rebecca folgte ihrem Blick. „Geh jetzt lieber zurück zu deinen Freundinnen. Es wäre gut, wenn ihr heute Nacht mal nach den Dachsen beim Weißbuchenhain schauen könntet."

„Ist gut", meinte Lucy. Allerbester Laune hüpfte sie zurück zu den anderen.

„Und, was haben sie gesagt?", wollte Eve wissen.

„Sie waren ziemlich beeindruckt", antwortete Lucy. „Sie meinten, dass ich eines Tages supermächtig werde und wahrscheinlich noch eine ganze Menge anderer Fähigkeiten entwickle. Ist das nicht cool?"

„Mhmmm", machte Eve.

Weder Alexa noch Mara sagten ein Wort.

Lucy schaute sie an. Sie schienen sich nicht wirklich für sie zu freuen.

Vielleicht sind sie neidisch, dachte Lucy plötzlich. Sie stellte sich vor, wie sie sich fühlen würde, wenn eine von ihnen neue Zauberkräfte entwickeln würde, die sie selbst nicht hatte. Möglicherweise nicht gerade toll, musste sie zugeben. „Natürlich haben Rebecca und die anderen gesagt, dass es bis dahin noch ewig dauern wird. Jahre vermutlich", fügte sie schnell hinzu.

Nun wirkte Mara schon nicht mehr ganz so unglücklich. „Ach so. Dann ist es also nur diese Stopp-Geschichte, die du kannst."

Lucy nickte. „Ich bin sicher, ich werde auch nichts anderes können."

Alexa schien nicht so ganz überzeugt.

Da Lucy wollte, dass alles wieder so wurde wie immer, wechselte sie schnell das Thema. „Wie dem auch sei, wir sollen nach den Dachsen beim Weißbuchenhain schauen. Kommt schon. Wer als Erste dort ist!“ Sie schoss in die Luft.

„Das ist nicht fair! Du hast einen Vorsprung!“, rief Mara ihr nach.

„Warte, Lucy!“ Das war Eve.

„Keine Chance!“, rief Lucy über die Schulter zurück. „Fangt mich doch, wenn ihr könnt!“ Sie flog noch schneller.

Es war, als seien ihre neuen Zauberkräfte vergessen. Lachend und rufend sausten die Freundinnen zwischen den Bäumen hindurch. Doch im Hinterkopf hörte Lucy immer noch Rebeccas Worte: *Mit der Kraft, die du in dir trägst, wirst du alles können, was du willst. Da bin ich mir sicher.*

Lucy unterdrückte ein Grinsen. „Cool!“, dachte sie.

5

Als Lucy und Alexa in dieser Nacht nach Hause kamen, schlief Alexa sofort ein. Lucy hingegen lag noch lange wach und durchlebte in Gedanken noch einmal den Moment auf der Lichtung, als sie den Erwachsenen ihre neue Magie vorgeführt hatte. Das war so ein gutes Gefühl gewesen – mehr als gut, einfach fantastisch. Alle hatten nur ihr zugesehen und ihr gesagt, wie mächtig sie war. Sie hatte gespürt, wie die Magie durch sie hindurchgeflossen war und wusste, dass sie Dinge beherrschte, die andere nicht konnten. Glücklich kuschelte sich Lucy in die Kissen. Vom Bett aus konnte sie direkt durchs Fenster in den Sternenhimmel sehen. Regulus näherte sich schon dem Horizont. Er schien Lucys Blick auf sich zu ziehen und sie lächelte. Es war wunderbar, eine Sommerelfe zu sein und Sommermagie zu be-

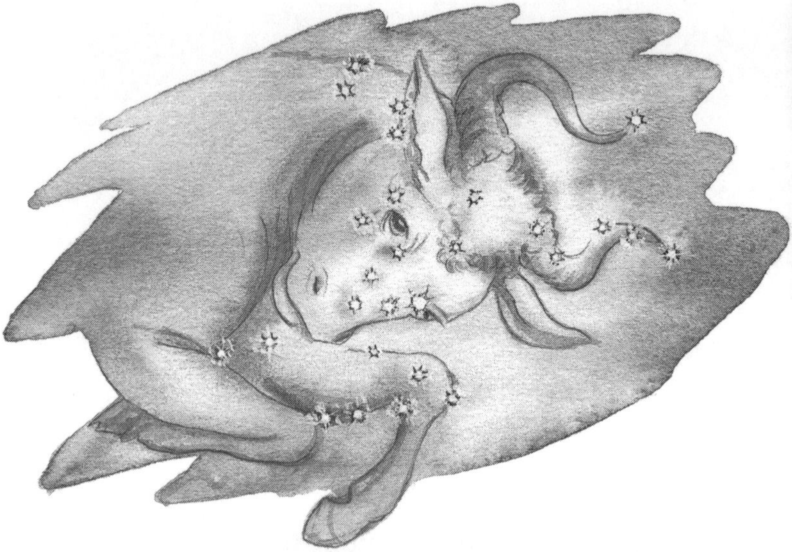

herrschen. Ihre Augen wanderten über den Himmel. Im Zentrum strahlte noch ein anderer heller Stern.

Aldebaran, dachte Lucy, und zeichnete in Gedanken das Sternbild des Stieres nach, zu dem der Königliche Stern Aldebaran gehörte. Der Sternenstaub der Frühlingselfen kam von Aldebaran und gab ihnen ihre Kraft. Während Lucy in sein glänzendes Licht sah, fragte sie sich zum ersten Mal, wie es wohl wäre, seine Magie zu nutzen. Wie fühlte es sich an, Dinge wachsen zu lassen, wie Mara das konnte? Oder den Wind zu beherrschen wie Alexa, oder es regnen und hageln lassen zu können wie Eve?

Einen Augenblick lang stellte Lucy sich vor, wie es wäre, aus allen vier Königlichen Sternen Magie zu ziehen – nicht nur die Kraft eines einzigen zu haben, sondern die von allen. Sie konnte das Knistern der Magie beinahe fühlen. Wie die Energie sie umhüllte ...

Lucy schloss die Augen und überließ sich diesem Gefühl, während sie langsam in den Schlaf fiel.

Am nächsten Tag erwachte sie davon, dass ihre Freundin neben ihr aus dem Bett kletterte.

„Guten Morgen“, gähnte Alexa und streckte sich. Sie ging hinüber zum Fenster. „Es sieht richtig schön aus draußen“, meinte sie mit Blick auf den klaren, blauen Himmel. „Was sollen wir heute machen?“

„Ich weiß nicht ...“, begann Lucy, doch sie brach ab, als Alexa hörbar nach Luft schnappte. „Was ist denn?“

„Die Katze sitzt da unten auf der Mauer.“ Alexa trat einen Schritt vom Fenster weg. „Sie schaut hier hoch. Als würde sie uns beobachten.“

Lucy sprang aus dem Bett und lief zum Fenster. Alexa hatte Recht. Meg saß auf der Mauer, die grünen Augen direkt auf Lucys Schlafzimmerfenster gerichtet.

„Die ist mir echt unheimlich“, sagte Alexa fröstelnd. „Sie verhält sich gar nicht wie eine normale Katze.“

Lucy kam ein schrecklicher Gedanke. „Vielleicht ist es gar keine echte Katze. Vielleicht ist es in Wirklichkeit Miss Graves! Können Elfen der Dunkelheit so was?“, fragte sie ängstlich. „Sich in Tiere verwandeln, meine ich.“

„Ja, können sie.“ Auch Alexa sah besorgt aus. „Man muss schon sehr mächtig sein, aber manche können es. Möglicherweise hast du Recht!“ Doch dann schüttelte sie den Kopf. „Nein, es kann nicht sein. Weißt du noch, wie wir Miss Graves besucht haben und sie und die Katze gleichzeitig im Zimmer waren? Erinnerst du dich, die Katze kam herein, als Maggie den Tee gekocht hat.“

„Stimmt“, sagte Lucy. Sie war äußerst erleichtert. „Also ist es nicht Miss Graves. Aber vielleicht spioniert sie uns in ihrem Auftrag nach. Vielleicht kann Miss Graves mit ihr sprechen.“

Alexa nickte. „Ich bin froh, dass Rebecca heute vorbeikommt. Je schneller die Erwachsenen begreifen, dass Miss Graves eine Elfe der Dunkelheit ist, umso besser.“

„Ich weiß“, stimmte Lucy ihr zu.

Den ganzen Morgen behielten sie das Nachbarhaus im Auge. Doch nichts Ungewöhnliches geschah. Einmal kam Maggie in den Garten hinaus und hängte Wäsche auf die Leine.

Etwas später hörten die Mädchen, wie sich die Haustür vom Lavender Cottage öffnete. „Vielleicht macht Miss Graves einen Spaziergang“, zischte Alexa.

Sie rannten zur Vorderseite vom Jasmine Cottage. Doch es war wieder nur Maggie. Sie schien es eilig zu haben und zog sich im Gehen den Mantel an. Als sie die Mädchen entdeckte, lächelte sie. „Hallo, ihr zwei. Na, was treibt ihr heute?“

Ihr Haus beobachten, dachte Lucy. Doch sie zuckte nur mit den Schultern. „Ach, nichts Bestimmtes.“

„Nun, ich muss einkaufen gehen“, sagte Maggie und packte eine Tasche ins Auto. „Bis später!“ Sie stieg ein, startete den Motor und war auch schon verschwunden.

Lucy wollten gerade wieder hinters Haus in den Garten gehen, als sie Schritte auf dem Kies hörten. Sie drehten sich um und sahen Rebecca den Weg hinaufkommen.

„Hallo, R…“, setzte Lucy an, doch in diesem Moment kam ihr Dad aus dem Haus, um im Vorgarten zu arbeiten, und sie brach ab. Er wusste ja nicht, dass sie Rebecca kannte. Das wäre schwer zu erklären gewesen.

Rebecca lächelte ihnen kurz zu und schritt hinauf zur Haustür. Sie klingelte.

„Ihr zwei seht aus, als sei euch langweilig. Helft ihr mir vielleicht im Garten?“, fragte Mr Evans.

Lucy zögerte. Es wäre eine gute Ausrede, das Haus weiter zu beobachten. Dann würden sie mitbekommen, wenn Rebecca wieder herauskam. „In Ordnung.“

„Wunderbar! Ich hole euch einen Eimer und ihr könnt ein bisschen Unkraut jäten“, strahlte Mr Evans.

Er verschwand.

Lucy und Alexa beobachteten, wie sich die Tür des Lavender Cottages langsam öffnete. Im Türrahmen stand Miss Graves, die Rebecca unsicher beäugte.

Sie waren zu weit entfernt, um die Unterhaltung verstehen zu können, doch sie sahen Rebecca reden und lächeln, als sie sich Miss Graves vorstellte. Miss Graves nickte und sagte auch etwas. Dann verschwand Rebecca im Haus und die Tür schloss sich hinter ihr.

„Ich hoffe, es geht ihr gut“, sagte Lucy. „Immerhin ist sie jetzt allein mit Miss Graves.“

Auch Alexa wirkte besorgt. „Daran hatte ich gar nicht gedacht. Ich wünschte, Maggie wäre nicht einkaufen gegangen.“ Sie biss sich auf die Lippe. „Was sollen wir tun?“

„Das Haus im Auge behalten“, antwortete Lucy. „Wenn sie in zwanzig Minuten nicht wieder herausgekommen ist, klopfen wir an der Tür.“

„Okay.“

Da kam auch schon Mr Evans mit einem Eimer, zwei kleinen Schäufelchen und zwei Paar Handschuhen zurück. „Hier, bitte schön“, meinte er fröhlich.

Lucy und Alexa wählten einen Platz, von dem aus sie gute Sicht auf das Lavender Cottage hatten. Lucy merkte, wie sich ihre Nerven immer mehr anspannten. Rebecca ging es doch bestimmt gut, oder? Sie sah auf die Uhr. Es waren zehn Minuten vergangen, seit Rebecca im Haus verschwunden war.

„Lucy, das ist eine Geranie, kein Unkraut!“, rief Mr Evans, als Lucy ein Büschel Grünzeug aus der Erde rupfte.

„Oh ... tut mir Leid!“ Schuldbewusst blickte sie auf das Pflänzchen. Sie war überhaupt nicht bei der Sache gewesen. „Ich setze es wieder rein“, versprach sie ihrem Dad.

Er seufzte. „Ich bin euch zwei ja sehr dankbar für eure Hilfe, aber seid bitte ein bisschen vorsichtiger, wenn's geht.“

Lucy nickte, doch in Gedanken war sie nicht bei der Gartenarbeit. Immer wieder sah sie auf die Uhr. Inzwischen waren achtzehn Minuten vergangen, seit sich die Tür hinter Rebecca geschlossen hatte.

„Wir müssen etwas unternehmen“, flüsterte Alexa Lucy zu.

Lucy schluckte nervös. Ihr war absolut nicht danach, bei Miss Graves zu klopfen, aber schließlich war Rebecca ja vielleicht in Schwierigkeiten. Sie warf ihrem Dad einen Blick zu. Der verschwand gerade mit einem Korb voller Blätter hinterm Haus.

Lucy holte tief Luft. „Okay“, presste sie zwischen den Zähnen hervor. „Los jetzt.“

Alexa und sie hatten noch nicht mal die Auffahrt erreicht, als sich die Haustür öffnete und Rebecca herauskam.

Lucy war so erleichtert, dass sie sich am liebsten hingesetzt hätte. Rebecca schien es absolut gut zu gehen. Sie lächelte Miss Graves an und tätschelte der alten Dame zum Abschied den Arm. Lucy spitzte die Ohren. Es klang, als würde Rebecca versprechen, sie bald wieder zu besuchen.

„Mit Rebecca ist alles in Ordnung“, zischte Alexa Lucy zu.

Rebecca drehte sich um und schritt den Weg

hinunter. Als sie an den Mädchen vorbeikam, lächelte sie und schüttelte kaum merklich den Kopf. Dann war sie verschwunden und Miss Graves hatte die Haustür bereits geschlossen.

„Sie hat den Kopf geschüttelt“, flüsterte Lucy.

„Ich weiß“, meinte Alexa. „Was hat sie damit wohl gemeint?“

„Ich bin mir nicht sicher, aber sie wirkte ziemlich fröhlich.“ Lucy runzelte die Stirn. „Vielleicht ist Miss Graves doch keine Elfe der Dunkelheit.“

„Ist sie aber!“, widersprach Alexa. „Du hast die Kristallkugel doch auch gesehen. Du weißt, wie komisch es sich im Haus angefühlt hat. Da lauerte Gefahr, ich bin mir ganz sicher.“

Lucy musste nicht überzeugt werden. Sie hatte die Gegenwart eines dunklen Wesens nebenan ganz deutlich gespürt. Doch warum hatte Rebecca dann so entspannt gewirkt, als sie ging? Und was hatte ihr Kopfschütteln zu bedeuten?

Lucy seufzte frustriert. Wie es schien, blieb ihnen nichts anderes übrig, als bis zum Abend zu warten, bevor sie mehr erfuhren.

6

An diesem Abend schien es eine Ewigkeit zu dauern, bis Lucys Familie im Bett war. Endlich kehrte Stille im Haus ein. „Okay“, flüsterte Lucy. „Los geht’s!“

Rasch sprangen Alexa und sie aus dem Bett und öffneten das Fenster.

„Ich glaube an Sternenstaub“, wisperten sie beide. *„Ich glaube an Sternenstaub. Ich glaube an Sternenstaub!“*

Als Lucy das letzte Wort ausgesprochen hatte, fühlte sie Wärme durch sich hindurchströmen. Gemeinsam hoben sie vom Boden ab und schwebten zum Fenster hinaus. Ihre Schlafanzüge hatten sich in glitzernde Sternenstaub-Kleider verwandelt.

Endlich frei!, dachte Lucy, als sie das Licht der Sterne auf ihrer Haut spürte.

„Wir sollten uns tarnen", meinte Alexa mit einem nervösen Blick auf das Lavender Cottage. „Nur für den Fall, dass Miss Graves oder die Katze herausschauen."

„Camouflagus", flüsterten sie beide und wurden sofort eins mit dem Nachthimmel über ihnen.

„Los jetzt!", drängte Lucy. „Ich will zu Rebecca!"

Rebecca wartete schon auf sie. „Ich bin froh, dass ihr da seid. Ich muss nämlich mit euch wegen Miss Graves reden."

Lucy merkte, wie es ihr den Hals zuschnürte. „Sie ist eine Elfe der Dunkelheit, stimmt's?"

„Nein", antwortete Rebecca. „Ist sie nicht. Ich habe in ihrer Gegenwart nicht das leiseste Signal dunkler Magie empfangen." Sie sah Lucy und Alexa beruhigend an. „Sie ist einfach nur eine ganz normale alte Dame. Ein bisschen verwirrt vielleicht, aber normal."

Lucy und Alexa waren sprachlos.

„Aber ...", stammelte Lucy schließlich verdat-

tert. Sie war überzeugt gewesen, dass Miss Graves eine Elfe der Dunkelheit war. „Das *kann* nicht sein!“

„Ist es aber“, wiederholte Rebecca. „Ich hätte es gespürt, wenn sie eine wäre.“

„Und was ist mit der Kristallkugel?“, wollte Alexa wissen.

„Nun, ich weiß nicht, was ihr gesehen habt. Aber als ich dort war, stand nirgends eine solche Kugel“, erwiderte Rebecca. „Ich habe alle Regale abgesucht, aber es waren nur völlig gewöhnliche Dinge darin. Ihr müsst euch getäuscht haben.“

„Ganz bestimmt nicht!“, rief Alexa.

Rebecca tätschelte ihren Arm. „Schau, es ist wirklich gut, dass du und Lucy so aufmerksam seid. Aber es gibt keinen Grund, sich wegen Miss Graves Sorgen zu machen." Sie lächelte die beiden Mädchen an. „Ich muss jetzt los."

Sie flog davon. Lucy war total verwirrt. Sie war sich doch so sicher gewesen! „Ich verstehe das nicht", sagte sie. „Miss Graves *kann* einfach nicht normal sein."

Alexa nickte. „Wir haben beide gespürt, dass da etwas nicht stimmt. Wir haben beide die Kristallkugel gesehen." Sie blickte unglücklich drein. „Vielleicht hat Miss Graves Rebecca verzaubert – damit sie nichts merkt."

„Könnte sie das tun?", fragte Lucy ängstlich.

„Ja", antwortete Alexa. „Elfen der Dunkelheit sind gut darin, Menschen zu täuschen. Man muss sehr mächtig sein, um ihnen widerstehen zu können."

„Also, ich glaube jedenfalls nicht, dass Miss Graves normal ist", murmelte Lucy. „Ich finde, wir sollten sie weiterhin im Auge behalten."

Alexa nickte zustimmend. „Zumindest bis Xanthe nach Hause kommt. Sie wird ganz bestimmt sagen können, ob Miss Graves eine Elfe der Dunkelheit ist. Da bin ich mir sicher."

In diesem Augenblick kamen Mara und Eve herbeigeflogen. Lucy und Alexa erzählten ihnen alles, was Rebecca gesagt hatte.

„Aber wir glauben trotzdem noch, dass etwas mit Miss Graves nicht stimmt", endete Alexa.

Eve zitterte. „Ich bin froh, dass sie nicht neben mir wohnt!"

Alexa warf Lucy einen Blick zu. „Ich denke, wir sollten heute Nacht unsere Zauberkräfte üben. Schließlich wollen wir so stark wie möglich sein. Nur für den Fall."

„In Ordnung", stimmte Lucy ihr zu.

Sie suchten sich eine ruhige Ecke auf der Lichtung. Zuerst übte Lucy, Dinge mit Hilfe des magischen Schildes zu schützen. Sie hüllte einen Grashalm damit ein und dann versuchten die anderen, ihn zu knicken oder zu zerreißen, aber sie hatten keine Chance. Mara hatte erst vor kurzem entdeckt, dass sie nicht nur Pflanzen wachsen lassen, sondern sie auch entfernen konnte. Jetzt zauberte sie ein Stück Gras weg, so dass die blanke Erde sichtbar war. Dort ließ sie einige Büschel Schneeglöckchen sprießen und tarnte sie dann durch ihre höhere Magie wieder als Gras. Eve zauberte eine Regenwolke herbei und als es zu regnen begann, fror sie das Wasser ein, damit es als Hagel zu Boden prasselte. Alexa rief eine Windbö herbei, die alle heruntergefallenen Blätter auf der Lichtung in Form einer Schlange in die Luft wirbelte. Dann brachte sie den Wind dazu, wieder zu verschwinden und die Blätter auf einem ordentlichen Haufen zurückzulassen.

Lucy blickte auf den Blätterberg. Die Erinnerung daran, wie es sich angefühlt hatte, ihre normalen Kräfte und ihre höhere Magie gleichzeitig zu verwenden, tauchte plötzlich wieder auf. Sie konnte nicht widerstehen.

Lucy zeigte auf die Blätter. *„Schutzschild, komm herbei!“* Energie floss durch sie hindurch, heiß und stark. *„Feuer, komm herbei!“*, flüsterte sie als Nächstes.

Ein Feuerball explodierte aus ihren Fingerspitzen. Doch als er den Blätterhaufen erreichte, schien er gegen eine unsichtbare Mauer zu stoßen und zerbarst in einer Wolke aus Funken.

Lucy lachte begeistert.

„Lucy!“

Erschrocken fuhr sie zusammen und sah sich um. Mara schaute sie böse an, die Hände in die Hüften gestützt. „Du weißt genau, dass du das nicht tun sollst. Es ist gefährlich!“

„Ist es nicht“, protestierte Lucy. „Es klappt doch ausgezeichnet. Ich ...“

„Lucy!“

Rebecca und Tom kamen quer über die Lichtung auf sie zugeflogen. An ihrem Gesichtsausdruck war deutlich zu erkennen, dass sie die Sache beobachtet hatten. Lucy wurde flau im Magen. Jetzt war sie in Schwierigkeiten.

„Hast du eben deine Jahreszeitenkräfte und deine höhere Magie zusammen verwendet?", wollte Adam wissen.

„Ja", antwortete Lucy kleinlaut.

„Hast du das zuvor schon mal getan?", fragte Rebecca.

„Ähm ... ja", gab Lucy zu. „Es tut mir Leid. Das hätte ich nicht tun sollen."

„Nein, hättest du nicht. Es kann sehr gefährlich sein, wenn man seine Kräfte so kombiniert", sagte Rebecca. Doch plötzlich lächelte sie. „Aber es ist erstaunlich, dass du es kannst!"

„Phänomenal", stimmte Adam ihr zu. „Gut gemacht, Lucy."

Lucy flog zurück zu den anderen, die ein Stück abseits standen. Ihr war ganz leicht ums Herz vor Glück. „Seht ihr, es ist in Ordnung. Rebecca und

Adam haben nicht mit mir geschimpft. Adam war total beeindruckt."

„Das ist ja toll", sagte Alexa, doch es klang nicht so, als meinte sie das ernst.

„Mhmm", grunzte Mara bloß.

Die beiden warfen sich einen Blick zu. Auf einmal fiel Lucy wieder ein, was sie in der Nacht zuvor gedacht hatte: Waren sie etwa neidisch? Sie zögerte und biss sich auf die Lippe, weil sie nicht sicher war, was sie sagen sollte.

Eve unterbrach das Schweigen, indem sie das Thema wechselte. „Na los, sollen wir was spielen oder so? Wie wär's mit Fangen?"

„In Ordnung." Mara flog in die Luft. Sie schien erleichtert, an etwas anderes denken zu können. „Ich bin's nicht."

Lucy zuckte mit den Schultern. „Ich kann anfangen. Macht mir nichts aus."

Nachdem sie sich verteilt hatten, jagte sie die anderen durch die Luft. Zuerst fing sie Mara und dann Alexa.

„Und jetzt Eve!", rief Mara.

Lucy nahm die Verfolgung auf. Doch Eve schien von Alexa gelernt zu haben – ständig gelang es ihr, auszuweichen und Lucys ausgestreckten Händen zu entfliehen.

„Ihr kriegt mich nicht", kicherte sie, als sie zum dritten Mal in sicherer Entfernung an Lucy vorbeischoss. Lucy schnaufte genervt.

„Komm und fang mich, Lucy!", trällerte Eve.

Lucy flog auf sie zu, doch Eve duckte sich blitzschnell. „Daneben!", lachte sie.

Lucy war ziemlich genervt. Bevor sie richtig wusste, was sie tat, streckte sie die Hände aus. Energie kribbelte durch sie hindurch.

Stopp! Der Gedanke hallte in ihrem Kopf wider.

Sofort blieb Eve mitten in der Luft hängen. Ihre Beine und Arme baumelten herunter. Sie hatte die Augen weit aufgerissen und der Mund stand ihr offen. „Was ... was ist das?" schnaufte sie.

Lucy spürte die Magie in sich pulsieren. Ihre Haut fühlte sich an, als würde sie brennen, doch in ihr drin herrschte eine fast eisige Kälte. Während sie Eve beobachtete, die wie eine Marionette an

einem unsichtbaren Faden in der Luft hing, fühlte sie sich unglaublich mächtig ...

„Lucy, hör auf damit!“ Alexa fasste nach Lucys Arm.

Lucy zuckte erschrocken zusammen und brach damit den Zauber. Eve fiel einige Meter ins Leere, bevor sie begriff, dass sie wieder frei war.

Lucy sah, dass Alexa vor Wut kochte. „Lucy! Wie konntest du bloß?! Du hast deine Magie benutzt, um Eve zu kontrollieren! Was hast du dir nur dabei gedacht?“

Lucy wusste nicht, was sie sagen sollte. Ein Teil von ihr konnte kaum glauben, was sie gerade getan hatte. Doch in einem geheimen kleinen Eckchen ihrer Erinnerung genoss sie immer noch dieses tolle Gefühl. *Nein!* Mit Nachdruck verbannte sie den Gedanken aus ihrem Kopf. „Ich ... ich weiß nicht, was passiert ist“, stammelte sie.

Verzweifelt sah Lucy Eve an. Mara hatte ihr den Arm um die Schultern gelegt. Eve weinte. Lucy flog auf die beiden zu. „Eve, ich ...“

„Bleib bloß weg von ihr, Lucy!“, rief Mara böse.

„Du bist eine solche Idiotin, Lucy." Alexa klang angewidert. Sie gesellte sich zu Mara und Eve. „Nur weil du mehr Zauberkräfte hast als wir, glaubst du, du kannst dir alles erlauben. Wenn du nicht aufpasst, wirst *du* noch zu einer Elfe der Dunkelheit!"

Alexas harte Worte ließen Lucy zusammenzucken. „Nein, das werde ich nicht!" Dort standen ihre drei Freundinnen Schulter an Schulter. Eve sah völlig mitgenommen aus, die anderen stinkwütend. „Ihr seid ja bloß neidisch!", rief Lucy. Ihre Schuldgefühle über das, was sie getan hatte, verwandelten sich in Ärger. „Ihr haltet es nicht aus, dass ich so zaubern kann. Dass ich viel mächtiger bin als ihr alle zusammen!"

Lucy schluchzte. Es war schrecklich, wie sie da standen und sie so ansahen – als würden sie sie nicht wiedererkennen.

Die Tränen liefen Lucy übers Gesicht. Sie wandte sich ab und schoss davon.

7

So schnell sie nur konnte, flog Lucy zwischen den Bäumen hindurch. Am liebsten wäre sie immer weiter geflogen und hätte nie angehalten. Sie konnte nicht glauben, dass sie ihre Zauberkräfte dazu benutzt hatte, Eve zu kontrollieren. Nach einer Weile warf sie einen Blick über die Schulter. Die anderen waren nirgends zu sehen. Hastig fuhr sie sich mit dem Handrücken über die Augen, um die Tränen wegzuwischen, die ihr übers Gesicht liefen. Vor ihr tauchte eine knorrige, alte Eiche auf.

Schniefend ließ sie sich in der großen Astgabel direkt über dem Stamm nieder. Dann vergrub sie das Gesicht in den Händen und weinte hemmungslos. Warum war sie nur so dumm gewesen? Warum hatte sie versucht, Eve aufzuhalten? Warum hatte sie diese schrecklichen Dinge gesagt?

„Was hab ich nur getan?“, schluchzte sie. Bestimmt würden die anderen ihr nie verzeihen.

Die Blätter raschelten leise im Wind und langsam ließen Lucys Schluchzer nach. Es war, als würde die Kraft des alten Baumes in sie hineinfließen. Ihre wirren Gedanken beruhigten sich. Vielleicht konnte sie sich ja bei den anderen entschuldigen. Wenn sie versprach, nie wieder Magie gegen jemanden zu verwenden, würden sie ihr vielleicht vergeben. Vielleicht ...

Ein entferntes Rauschen brachte sie dazu, nach

oben zu schauen. Alexa, Mara und Eve kamen auf sie zugeflogen.

Alexa hielt an. „Lucy?“ Sie musterte die Freundin vorsichtig. „Alles okay bei dir?“

Lucys Finger krallten sich in die Rinde des Baumes. Das hier würde nicht leicht werden, aber sie wusste, was sie sagen wollte. „Nein, nicht wirklich.“ Sie schluckte. „Ich fühle mich furchtbar.“ Die Worte kamen immer schneller aus ihrem Mund. „Ich hätte niemals Magie gegen Eve verwenden dürfen. Das war ganz schrecklich und ich hätte auch nicht sagen dürfen, dass ihr neidisch auf mich seid. Ich habe mich echt blöd verhalten. Und es tut mir sehr Leid, wirklich. Ich werde es ganz bestimmt nie wieder tun.“ Sie blinzelte die Tränen zurück und hielt den Blick gesenkt. Was würden sie wohl sagen?

Im nächsten Moment spürte sie einen Luftzug, als Alexa, Mara und Eve neben ihr im Baum landeten.

„Ach, Lucy.“ Alexa legte ihr den Arm um die Schultern. „Wein doch nicht. Mir tut es auch Leid, dass ich das mit der Elfe der Dunkelheit gesagt habe. Ich hab's nicht so gemeint. Ist schon in Ordnung."

„Ja", sagte Eve und drückte ihre Hand. „Ich hab nur einen solchen Schreck gekriegt."

Lucy fiel ein riesiger Stein vom Herzen. Sie sah die drei an. „Dann seid ihr immer noch meine Freundinnen?"

„Natürlich sind wir das." Eve lächelte vorsichtig. „Tu's nur einfach nie wieder."

„Ganz bestimmt nicht", versprach Lucy inbrünstig. Sie sah Mara an, die bisher noch nichts gesagt hatte.

„Es war ziemlich bescheuert", meinte diese nun auf ihre übliche direkte Art. „Aber wir sind immer noch Freundinnen."

Lucy stieß einen langen Seufzer der Erleichterung aus. „Ich dachte schon, ihr redet nie wieder mit mir. Ich hab es auch nicht so gemeint, als ich das mit dem Neidischsein gesagt habe."

Mara wirkte immer noch bedrückt. „Vielleicht sind wir das ja auch ein bisschen. Es ist schon komisch zuzuschauen, wie du all diese Sachen machst und die Erwachsenen dich ständig loben."

Alexa nickte. „Stimmt. Auf einmal hast du diese ganzen neuen Zauberkräfte. Da ist es schon schwer, nicht ein klitzekleines bisschen neidisch zu sein." Sie umarmte Lucy noch mal. „Aber ich werde mich bemühen. Versprochen."

„Ich bin nicht neidisch", warf Eve auf einmal ein. „Mir macht es Angst."

„Angst!", wiederholte Lucy verblüfft. „Etwa vor mir?"

„Du siehst ziemlich seltsam aus, wenn du diese besonderen Zauber machst", erklärte Alexa ihr. „Dein Gesicht sieht ungefähr so aus." Sie riss die Augen weit auf, und starrte ins Leere.

Lucy versetzte ihr einen leichten Stoß. „Tut es nicht!"

Alexa grinste. „Na ja, vielleicht ist es auch eher so."

Sie zog eine neue Grimasse, die so komisch war, dass Lucy und die anderen laut lachen mussten.

„Blöde Kuh!", kicherte Lucy.

Eve hüpfte vom Ast und schwebte vor ihnen. „Sollen wir wieder Fangen spielen?“

„Au ja“, meinte Alexa. Sie zwinkerte Lucy zu. „Aber diesmal bin ich dran!“

Der nächste Tag war ein Montag. Um halb neun zogen Lucy und Alexa ihre Schuhe an und schnappten sich ihre Schultaschen.

„Ich bin froh, dass Xanthe heute Abend zurückkommt“, sagte Lucy zu Alexa.

Diese nickte. „Sie ist viel mächtiger als Rebecca. Bei ihr wird Miss Graves kein so leichtes Spiel haben.“

Sie verabschiedeten sich von Mrs Evans und traten nach draußen. Als sie gerade den Weg hinunter gingen, hörten sie, wie ein Fenster geöffnet wurde.

„Es ist Miss Graves!“, meinte Lucy erschrocken, die die alte Dame am Fenster entdeckte.

„Sie schaut zu uns her“, sagte Alexa.

Miss Graves hatte den Blick fest auf die Mädchen gerichtet. Verzweiflung stand in ihrem Ge-

sicht. „Mein Staub!“, krächzte sie heiser. „Ich will meinen Staub zurück!“

Alexa rannte so schnell los, dass ihr Schulranzen auf dem Rücken hüpfte.

Lucy folgte ihr dicht auf den Fersen.

Als sie das Ende der Auffahrt erreichten und auf die Straße einbogen, raschelte es neben ihnen im Gebüsch.

Lucy packte Alexas Arm, denn sie entdeckte Meg, die unter einem nahe gelegenen Strauch hockte. Sie schien die beiden beinahe hungrig anzusehen.

„Schnell", drängte Lucy. „Machen wir, dass wir hier wegkommen!"

Es war fast schon eine willkommene Abwechslung, in der Schule zu sein und ganz normale Dinge zu tun, wie zum Beispiel Diktate zu schreiben oder Matheaufgaben zu rechnen. Allemal besser, als sich über Elfen der Dunkelheit und spionierende Katzen den Kopf zu zerbrechen.

„Ich hoffe, Xanthe ist inzwischen zu Hause", sagte Lucy auf dem Heimweg nach dem langen Schultag.

Als sie um die Ecke bogen, sahen sie Xanthes Auto, das vor dem Willow Cottage parkte. „Mama ist wieder da!", rief Alexa. Sie senkte die Stimme. „Komm, wir erzählen ihr gleich von Miss Graves."

Zu ihrer großen Erleichterung hörte Xanthe ihnen sehr aufmerksam zu und nahm sie äußerst ernst. „Ich werde gleich mal im Lavender Cottage vorbeischauen. Wollt ihr beiden hier warten?"

Lucy und Alexa nickten.

Fünf Minuten später kam Xanthe bereits zurück. „Es war keiner zu Hause, aber in der Nähe der Tür habe ich ganz deutlich Gefahr gespürt. Irgendetwas ist da faul."

„Miss Graves ist eine Elfe der Dunkelheit, da bin ich mir ganz sicher", sagte Alexa.

„Und Meg, die Katze, ist ihr Spion", ergänzte Lucy fröstelnd.

„Ich werde mit Rebecca sprechen", meinte Xanthe. „Und morgen Früh besuche ich Miss Graves noch einmal. Einverstanden?"

Wenigstens ein bisschen beruhigt nickten Alexa und Lucy. Dann lief Lucy nach Hause, um ihre Schuluniform auszuziehen.

Als sie ihr Zimmer betrat, ging sie als Erstes zum Fenster. Ein vertrauter schwarzer Schatten kauerte auf der Gartenmauer und starrte zu ihr hinauf. Meg! Mit einem Ruck schloss Lucy die Vorhänge. Warum konnte Meg sie nicht in Ruhe lassen? Wut stieg in ihr auf. Schließlich war nicht nur sie selbst davon betroffen. Der arme Mr Brown war seit Samstag nicht ein einziges Mal in seinem

Auslauf gewesen. Ihr Vater hatte diesen zwar dichter ans Haus gestellt, aber der kleine Hase zitterte furchtbar, wenn Lucy ihn hineinsetzen wollte. Lucy konnte gut verstehen, dass er Angst hatte. Es ist nicht fair, dachte sie. Warum muss Mr Brown in seinem Käfig bleiben und warum muss ich die Vorhänge geschlossen halten?

Lucy zögerte kurz, dann holte sie tief Luft und zog die Vorhänge wieder auf. Meg starrte immer noch zu ihr herauf, doch diesmal hielt Lucy ihrem Blick stand. „Beobachte mich, wenn du willst“, verkündete sie und versuchte das Frösteln zu ignorieren, das sie überlief. „Ist mir doch egal.“

Mit diesen Worten drehte sie sich weg vom Fenster. Warum beobachtete Meg sie überhaupt? Miss Graves wusste doch längst, dass sie eine Sternenstaub-Elfe war. Was also versuchte sie herauszufinden?

Als Lucy sich an jenem Abend in eine Sternenstaub-Elfe verwandelte, kauerte Meg wieder auf der Mauer.

„*Camouflagus*“, flüsterte Lucy, als sie ihr Zimmer verließ. Doch als sie über den Garten hinwegflog, schienen ihr Megs Augen zu folgen. Die Katze streckte sich, sprang von der Mauer und verschwand im Dunkeln.

Während Lucy ihr nachsah, überkam sie plötzlich das Gefühl, dass etwas Schlimmes passieren würde. Aus dem Nichts ergriff sie auf einmal schreckliche Furcht – ohne Halt zu machen, flog sie, so schnell sie nur konnte, Richtung Wald.

Als sie die Bäume erreichte, ließ ihre Angst nach und sie drosselte ihre Geschwindigkeit. Ihr Herz klopfte laut, aber sie konnte nicht sagen, warum sie sich so gefürchtet hatte.

Hinter ihr war ein leises Geräusch zu hören. Folgte ihr etwa jemand?

Mit den Augen versuchte sie die Dunkelheit zu durchdringen, aber dort war niemand.

Lucy bekam eine Gänsehaut und setzte eilig ihren Flug zur sicheren Lichtung fort.

8

Mara, Alexa und Eve warteten auf sie. „Xanthe möchte, dass wir nach den Schermäusen am Fluss sehen und prüfen, ob irgendwelcher Müll herumliegt", berichtete Alexa.

„Ist gut." Lucys Herz klopfte immer noch laut und sie war erleichtert, dass auf der Lichtung alles wie immer aussah. Die Erwachsenen unterhielten sich und eine Gruppe Teenager tummelte sich in den Ästen der alten Eiche.

„Lasst uns auf dem Weg dorthin Verstecken spielen", schlug Alexa vor. „Kommt schon!"

Mara und Eve stimmten begeistert zu, doch Lucy war nicht wirklich in Stimmung. Als sie zwischen den Bäumen hindurchhuschten, sah sie sich immer wieder unruhig um. Sie konnte das Gefühl nicht abschütteln, dass ihnen jemand folgte.

Am Fluss angekommen stellten sie fest, dass

es den Schermäusen blendend ging und auch das Wasser des Flusses schien ungehindert zu fließen. Die Mädchen folgten seinem Lauf und sammelten etwas Müll ein. Während der Arbeit wurde Lucy langsam ruhiger.

Sie war gerade dabei, ein kleines Feuer anzuzünden, um den eingesammelten Müll zu verbrennen, als sich ihre Nackenhaare aufstellten. Sie sah sich um.

„Was ist los?“, erkundigte sich Alexa, die nur ein paar Meter entfernt am Flussufer stand.

„Ich weiß nicht genau“, antwortete Lucy zögerlich. „Ich habe das komische Gefühl, dass uns jemand beobachtet.“

Alexa runzelte die Stirn. „Irgendwas fühlt sich seltsam an, das stimmt.“

„Glaubt ... glaubt ihr, dass es eine Elfe der Dunkelheit ist?“ Eves Stimme zitterte.

„Keine Ahnung.“ Lucy spürte, wie ihr mulmig wurde. War es Miss Graves? War Miss Graves etwa hier? Sie waren ganz schön weit von der großen Lichtung entfernt.

In diesem Moment raschelte es in den Büschen rechts von ihr. Lucy entdeckte Meg unter einem Strauch.

„Du da!", rief Lucy. Die Katze blickte sie an und verschwand im Unterholz.

„Wer ist es?", wollte Alexa wissen.

„Natürlich Meg!", antwortete Lucy, deren Angst sich in Wut verwandelte. „Sie spioniert uns schon wieder nach. So langsam habe ich genug davon. Ich habe es satt, ständig beobachtet zu werden!" Sie flog ein Stück nach oben.

„Was hast du vor?", fragte Alexa.

„Meg folgen", erklärte Lucy.

„Aber warum? Was willst du denn tun?" Mara klang aufgeregt.

Das wusste Lucy auch nicht. Sie wollte einfach nur diese Katze vertreiben – ganz weit weg. In der Ferne erschien Regulus am Horizont. Sein Licht fiel auf Lucys Haut und schickte ihr knisternde Magie. Diese vereinte sich mit ihrer Wut und eine Welle der Energie überrollte sie. Sie würde schon auf sich aufpassen können. Sie war stark.

Das hatten alle gesagt. „Vielleicht erwische ich Meg dabei, wie sie mit Miss Graves spricht. Und dann müssen uns die anderen glauben, dass Miss Graves eine Elfe der Dunkelheit ist“, verkündete sie den anderen.

„Lucy, sei nicht unvernünftig“, warnte Alexa. „Lasst uns zu den Erwachsenen fliegen und ihnen von Meg erzählen.“

Doch Lucy wurde von dieser Woge an Energie mitgerissen. „Mir passiert schon nichts.“

„Bitte geh nicht“, flehte Eve.

„Macht euch keine Sorgen“, beruhigte Lucy sie. „Ich werde mir keinen Ärger einhandeln.“

„Du kannst aber nicht alleine gehen“, widersprach Alexa.

„Doch, kann ich.“ Lucy spürte, dass die anderen sie nicht begleiten wollten. „Wisst ihr was: ihr bleibt einfach hier. Und wenn ich in zehn Minuten nicht wieder da bin, könnt ihr mich suchen kommen.“ Sie sah die Unentschlossenheit auf den Gesichtern ihrer Freundinnen. „Ich schaff das schon.“ Lucy wusste, sie hatte keine Zeit für lange Diskussionen. Meg entfernte sich mit jeder Sekunde weiter. „Ich gehe." Mit diesen Worten ließ sie die anderen zurück und verschwand zwischen den Bäumen, um die Verfolgung aufzunehmen.

Geschwind flog sie zur nächsten Lichtung. Dort zögerte sie kurz. Meg war nach Norden in Richtung des Dorfes weggelaufen, aber sie konnte natürlich auch irgendwo im Wald sein.

Lucy konzentrierte sich ganz fest. Katze, dachte sie. Katze ...

Ihre Haut kribbelte und plötzlich hatte sie ein ganz seltsames Gefühl – als ob ihr Geist irgendwie ihren Körper verlassen und der Katze folgen würde.

Ja! Da! Sie spürte Megs Gegenwart. Das Tier bewegte sich geschmeidig zwischen den Bäumen hindurch. Doch sie war nicht Richtung Dorf unterwegs, sondern, ganz im Gegenteil, tiefer in den Wald hinein. Lucy riss die Augen auf und flog, so schnell sie nur konnte, hinterher. Das Herz schlug ihr vor Aufregung bis zum Hals, als sie durch die Nacht sauste. Meg würde ihr nicht entkommen!

Und was dann?

Lucy schob den Gedanken beiseite und bahnte sich ihren Weg zwischen den Bäumen hindurch.

Gleich, dachte sie. Gleich hab ich dich!

Lucy erreichte einen kleinen Hain aus Weißbuchen. Dort war sie!

Meg wirbelte herum. Sie hatte die schwarzen Ohren dicht an den Kopf gepresst und stieß ein gedehntes Fauchen aus. Es war ein seltsamer Laut – bedrohlich, aber gleichzeitig irgendwie auch triumphierend.

Lucy hielt inne. Ein unangenehmes Gefühl überkam sie.

Die Luft um Meg herum begann zu flimmern.

Lucy traute ihren Augen kaum. Meg schien zu wachsen! Lucys Herz klopfte. Was war da los? Vor Lucys staunenden Augen veränderte der schwarze Katzenkörper seine Form, streckte sich in die Länge. Die Vorderbeine wurden zu Armen. Und der Kopf wurde menschlich. Das Tier verwandelte sich in eine kauernde Frau.

„Nein!“, stammelte Lucy. „Sie können nicht …“

Sie brach ab, als die Frau sich aufrichtete und einen Feuerblitz nach Lucy schleuderte.

Lucy duckte sich instinktiv und merkte im gleichen Moment, dass der Blitz nicht auf sie, sondern auf den Baum über ihr gerichtet war. Es gab ein lautes Krachen, als ein großer Ast abbrach. Er traf sie direkt im Rücken. Lucy heulte auf vor Schmerz und taumelte mit rudernden Armen und Beinen durch die Luft.

Plumps!

Sie landete auf dem Waldboden. Einen Moment lang glaubte sie, nie wieder atmen zu können. Mühsam versuchte sie, Luft zu holen. In ihrer Schulter pochte ein dumpfer Schmerz. Lucy setzte sich mühsam auf und blinzelte in die Richtung, wo die Katze gesessen hatte.

Dort stand nun eine Frau, ein kaltes, grausames Lächeln auf den Lippen. Ihr dunkles Haar glänzte im Sternenlicht.

„Nein!“, flüsterte Lucy.

Es war Maggie.

9

„Aber Sie *können* keine Elfe der Dunkelheit sein.“ Lucy starrte Maggie an.

Maggie lachte höhnisch. Ihr Gesicht sah anders aus, irgendwie schöner und gleichzeitig älter. „Kann ich nicht?“, zischte sie leise.

„Nein“, stammelte Lucy. Doch plötzlich fügten sich alle Puzzlestücke zusammen: Alexa und sie hatten die Katze und Maggie nie zusammen gesehen. Wann immer sie dieses schreckliche, eisige Gefühl hatten, war entweder Maggie oder die Katze in der Nähe. Und Maggie war einkaufen gewesen, als Rebecca Miss Graves besuchte. Deshalb hatte Rebecca auch nichts von der dunklen Magie gespürt.

„Du bist mir in die Falle gegangen“, sagte Maggie mit glühenden Augen. „Ich wusste, dass ich dich mit dem Nachspionieren am Ende ködern kann. Ich wusste, du würdest wütend werden und, sobald Regulus am Himmel auftaucht, die Katze verfolgen. Und jetzt bist du hier. Allein." Sie lächelte und kam auf Lucy zu. „Mit mir."

Auf einmal hatte Lucy furchtbare Angst. Sie rappelte sich hoch. „Nein! Bleiben Sie stehen!" Nach einem kurzen Blick in den Himmel, rief sie sich die Sterne des Löwen ins Gedächtnis. *„Schutzschild, komm herbei!"*

Energie durchflutete sie. Normalerweise hob sie nun die Hände und richtete die Energie auf eine bestimmte Sache. Doch jetzt hielt Lucy sie stattdessen fest. Noch nie hatte sie versucht, sich selbst zu schützen, und sie wusste nicht, ob es funktionierte. Wärme breitete sich über ihren Körper aus. Lucys Hoffnung wuchs.

Maggie blieb stehen. „So so, ein Schutzschild", sagte sie und Lucy glaubte, einen Anflug von Respekt in ihren Augen zu sehen. „Schnell gedacht, Lucy."

„Sie können mir nichts tun!", rief Lucy und versuchte mutiger zu klingen, als sie sich fühlte. „Gehen Sie weg. Ich bin jetzt durch den Umhang des Löwen geschützt!"

Maggie lachte. „Glaubst du wirklich, dass dein kleines Schutzschild mich aufhalten kann? Ich könnte es innerhalb einer Sekunde zerstören, denn ich habe mehr Macht, als du je zu träumen vermagst." Sie hielt inne und ihre Augen verengten sich zu Schlitzen. „Oder irre ich mich vielleicht, was das Träumen betrifft? Ich habe dich beobachtet, Lucy. Deine Zauberkräfte sind erstaunlich für jemanden deines Alters. Vielleicht träumst du ja doch von der Macht." Ihre Stimme wurde zu einem Flüstern. „Vielleicht bist du ja sogar wie ich."

„Bin ich nicht!", erwiderte Lucy heftig. „Sie sind eine Elfe der Dunkelheit. Sie sind böse. Ich ... ich bin ..."

„Gut?" Maggie ließ es wie eine Frage klingen. „Ist es denn gut, seine Macht auszunutzen, um eine Freundin zu kontrollieren?"

Lucy merkte, wie ihr das Blut ins Gesicht schoss. Maggie in Katzengestalt musste zugesehen haben, als sie Eve beim Fangenspielen verzaubert hatte. Sie schluckte und merkte, wie das Schutzschild um sie herum nachgab. „Ich bin nicht wie Sie“, wiederholte Lucy, doch sie hörte selbst, dass ihre Stimme nicht allzu überzeugend klang.

Maggie durchbohrte Lucy mit ihrem Blick. „Dann hast du also noch nie davon geträumt, dass die Kraft aller vier Sterne in dich hineinfließt? Nicht nur die von Regulus, sondern auch die der anderen Sterne?“

Lucy bekam Schuldgefühle.

„Stell es dir nur mal vor, Lucy“, flüsterte Maggie lockend. „Stell dir vor, die ganze Kraft der Natur in den Fingerspitzen zu haben. Die Stärke der Erde, die Schnelligkeit des Windes, die Kühle des Wassers und die Hitze des Feuers. Überlege, wie sich das anfühlen würde.“ Sie brachte ihr Gesicht auf gleiche Höhe mit Lucys. „Und dann sag mir, dass du das nicht willst.“

Einen Augenblick gab Lucy sich der Vorstellung hin, wie es sein würde. Doch dann riss sie ihre Gedanken davon los. „Nein!“, rief sie und schüttelte den Kopf. „Nein, das will ich nicht.“

Maggie sah sie an und lachte. „Dann bist du eine Närrin."

Lucy hob die Hände. *„Feuer, komm herbei!"*, befahl sie und schickte einen Feuerball in Richtung Maggies Kopf.

Mit einem Fingerschnippen sorgte Maggie jedoch mühelos dafür, dass er auf halber Strecke umdrehte. Bevor Lucy noch recht wusste, wie ihr geschah, kam der Feuerball direkt auf sie zu gerast. Sie sprang zur Seite, jedoch nicht schnell genug. Das Feuer streifte ihren Arm und verbrannte sie.

„Aua!" Sie schrie auf und sah den langen roten Streifen auf ihrem Arm.

„Du kannst mir nichts anhaben, Lucy." In Maggies Stimme schwang beinahe so etwas wie Mitleid mit. Sie griff in die Tasche und holte eine Kristallkugel heraus. Lucy schnappte nach Luft. Es war dieselbe Kugel, die Alexa und sie im Haus von Miss Graves gesehen hatten. Der goldene Staub tanzte, als Maggie sie hochhielt. „In dieser Kristallkugel befindet sich Staub von allen vier königlichen Sternen – Sommer, Herbst, Winter und Frühling“, sagte Maggie. „Während diese Macht mir gehört, kann mir kein Sternenstaub-Zauber etwas antun.“

Lucy starrte auf die Kugel. Der Sternenstaub dort drin hatte einmal anderen Sternenstaub-Elfen gehört. Panische Angst packte sie, als Maggie auf sie zukam, die Kristallkugel in der Hand.

Lucy versuchte, nach hinten auszuweichen, doch Maggie folgte ihr. „Es gibt kein Entkommen“, zischte sie. „Dein Sternenstaub – und deine Macht – werden mein sein.“

Lucy stieß mit dem Rücken gegen einen Baumstamm. Was sollte sie jetzt tun?

Ein Rauschen ertönte in der Luft, als plötzlich Alexa, Mara und Eve auf die Lichtung geflogen kamen.

„Lucy!“ Erschrocken hielt Alexa mitten im Flug an, als sie die Szene auf der Lichtung entdeckte.

Maggie wirbelte herum.

„Hilfe!“, rief Lucy. „Maggie ist die Elfe der Dunkelheit, nicht Miss Graves!“

Ihre Freundinnen vergeudeten keine Zeit. Als sie sahen, in welcher Gefahr sich Lucy befand, reagierten sie sofort. Alexa zielte mit einer Windbö direkt auf Maggies Füße. Eve zauberte eine Regenwolke herbei und Mara ließ einen Dornenbusch zwischen Maggie und Lucy wachsen.

Einen Moment lang war Maggie abgelenkt. Sie stolperte ein paar Schritte rückwärts. Lucy, die ihre Chance witterte, schoss hinauf in den Himmel zu den anderen.

„Nein!", kreischte Maggie. „Es gibt kein Entkommen." Sie schnippte lediglich mit den Fingern und schon waren Wind, Regen und Dornenbusch verschwunden. „Ich krieg euch! Alle! Und dann wird euer Sternenstaub mir gehören!"

Lucy schickte schnell drei große Feuerbälle hinauf in den Himmel. Nach ihrem letzten Versuch wusste sie, dass es keinen Sinn hatte, Maggie damit treffen zu wollen. Aber vielleicht würde eine der erwachsenen Elfen das Feuer sehen und ihnen zu Hilfe kommen. Fast zur gleichen Zeit schleuderte Maggie eine Sturmbö nach ihnen.

„Achtung!", rief Mara.

Sie stoben auseinander. Der Wind fegte über die Stelle, an der sie sich eben noch befunden hatten, und traf einen Baum. Ein Blätterregen ging nieder.

Lucy schnappte erschrocken nach Luft, als Maggie eine weitere Bö direkt nach Mara schleuderte. Gerade noch rechtzeitig konnte diese sich ducken. Eve schrie auf, als eine dritte Bö sie erwischte. Sie wirbelte durch die Luft, bis Alexa sie zu packen kriegte.

Lucy wurde von Panik ergriffen. Sie würden alle sterben! Sie schoss nach oben, als eine weitere Sturmbö durch die Luft gefegt kam. Plötzlich entdeckte sie über sich Regulus, der hell und klar leuchtete.

Als sie die Magie in seinen Lichtstrahlen spürte, schien sich plötzlich ihr Kopf zu klären. Natürlich! Jede für sich konnten weder sie noch die anderen etwas ausrichten, aber vielleicht wenn sie alle ihre Kräfte gemeinsam einsetzten ...

„Schnell!", befahl Lucy, denn sie hatte eine Idee.

„Wir müssen als Team arbeiten. Tarnt euch! Und kommt her!“

Die anderen schienen sofort zu begreifen. Im Bruchteil einer Sekunde hatten sie die Farbe des Nachthimmels angenommen. Lucy spürte, wie die Luft neben ihr vibrierte, als die Freundinnen zu ihr hinaufgeflogen kamen.

Maggie unten machte ein böses Gesicht. Ihre Augen funkelten vor Wut. „Ihr könnt mir nicht entkommen, indem ihr euch tarnt! Mit einem einzigen Zauberspruch kann ich durch alle Tarnungen sehen!“ Sie hob die Hände.

„Feuer, komm herbei!“, befahl Lucy. Diesmal richtete sie ihre Kraft nicht gegen Maggie, sondern gegen die Kristallkugel, die diese immer noch umklammert hielt. Der Feuerball traf die Kugel mit voller Wucht und explodierte in einer Funkenwolke. Die Kristallkugel war glühend rot. Erschrocken ließ Maggie sie fallen.

Ja!, dachte Lucy erfreut, doch das Glas landete sicher und unbeschädigt.

Maggie schnippte mit den Fingern und die Hitze wich aus der Kugel. Lachend hob sie sie auf. „Ach, Lucy. Du musst noch eine Menge lernen. Glaubst du wirklich, meine kostbare Kristallkugel zerbricht, wenn sie herunterfällt?“

„Gedanken, kommt herbei!“, hörte Lucy Alexa murmeln. Lucy hielt den Atem an. Versuchte Alexa etwa, Maggies Gedanken zu lesen?“

„Du kannst alles versuchen, du wirst sie nicht zerbrechen!“, triumphierte Maggie. „Der Sternenstaub der vier Königlichen Sterne beschützt meine Kristallkugel. Weder Erde, noch Luft, noch Feuer oder Wasser können ihr etwas anhaben!“

„Vielleicht eine alleine nicht. Aber was ist mit allen vieren?“, wisperte Alexa. Sie wurde wieder sichtbar. „Wir müssen unsere Magie zusammen verwenden!“, zischte sie. „Feuer, Eis, Luft und Wasser. Schnell! Wenn wir es schaffen, die Kugel zu zerbrechen, zerstören wir Maggies Macht.“

Alexa schickte eine Sturmbö nach der Kristallkugel in Maggies Hand. Die Kugel wurde hoch hinauf in den Himmel gewirbelt.

Maggie schien davon eher genervt als alarmiert. „Habt ihr mir nicht zugehört? Ich habe euch doch schon gesagt, ihr könnt sie nicht zerbrechen.“

„Wir werden ja sehen“, murmelte Alexa. „Lucy! Feuer, schnell – erhitze sie, so sehr du nur kannst!“

Plötzlich begriff Lucy, was Alexa vorhatte. Sie kannten sich so gut, es war, als könne sie Alexas Gedanken lesen. *„Feuer, komm herbei!“* Mit diesen Worten warf sie einen Feuerball nach der Kristallkugel. Als die beiden in der Luft aufeinander trafen, gab es wieder einen Funkenregen vor dem dunklen Himmel und die Glaskugel leuchtete glühend rot.

„Eve!“, rief Alexa.

Eine kleine graue Hagelwolke war bereits unter der glühenden Kugel aufgetaucht. Als die Kugel auf ihrem Fall die frostige Luft durchquerte, schallte ein lautes Knacken über die Lichtung.

„Nein!“, schrie Maggie auf.

Die Glaskugel tauchte aus der Wolke auf und Lucy konnte sehen, dass die glatte Oberfläche von einem Netz feiner Risse durchzogen war.

Maggie hob die Hände. Sofort warf Lucy mehrere Feuerbälle nach ihr. Das lenkte Maggie ab, denn sie musste sich hin und her drehen, um sie abzuwehren. Als sie zurückgeschossen kamen, konnte Lucy sich gerade noch ducken.

„Das Glas ist angeschlagen!“, flüsterte Alexa, als die Kristallkugel Richtung Boden fiel. „Wir können sie zerbrechen. Sie muss nur auf etwas sehr Hartes aufschlagen. Mara! Eve!“

Mara und Eve reagierten beide gleichzeitig. *„Pflanzen, hinfort!“*, befahl Mara. *„Wasser, gefriere!“*, schrie Eve und zeigte auf den feuchten Waldboden.

Das Gestrüpp unter der Kugel verschwand auf der Stelle. Zurück blieb der nackte Erdboden, der sofort steinhart wurde, als das darin enthaltene Wasser gefror. Die Kugel donnerte abwärts.

Und dann blieb sie plötzlich mitten in der Luft hängen.

Maggie hatte den Blick direkt darauf gerichtet, einen Ausdruck äußerster Konzentration auf dem Gesicht.

Die Kugel erzitterte.

Sie hält sie dort fest, dachte Lucy. Sie wusste, wenn sie nur Maggies Konzentration durchbrechen könnte, würde die Kristallkugel zu Boden fallen. Sie hob die Hände, um einen weiteren Feuerball herbeizuzaubern.

Du könntest dich mit mir zusammentun, Lucy.

Lucy blieb fast das Herz stehen. Es war Maggies Stimme, doch Maggie blickte immer noch unverändert auf die Kristallkugel, die Hand ausgestreckt. Und trotzdem hallte ihre Stimme in Lucys Kopf wider.

Zusammen wären wir stark. Du hast mehr Macht, als ich es je gesehen habe. Ich könnte dir beibringen, sie richtig einzusetzen. Ich könnte dir den Weg zeigen ...

Ein Bild tauchte vor Lucys innerem Auge auf. Sie sah sich selbst in der Mitte einer Lichtung stehen. Die Luft um sie herum flimmerte vor lauter Energie, die sie aus allen vier Königlichen Sternen zog. Sie konnte fast spüren, wie diese Magie sie durchströmte ...

Deine Freunde verstehen das nicht, fuhr Maggies Stimme fort, leise und lockend. *Sie haben keine Ahnung, wie es sich anfühlt, so zu sein wie du. So viel Macht zu besitzen. Sie werden versuchen, dich davon abzuhalten, sie zu benutzen. Du brauchst mich. Also tu dich mit mir zusammen.*

Nein, dachte Lucy. Aber ihre Antwort war schwach.

„Lucy?“ Alexas Stimme schien von sehr weit herzukommen. Doch bei ihrem Klang verblasste das Bild in Lucys Kopf. Stattdessen sah sie plötzlich ihre Freundinnen und die anderen Sternenstaub-Elfen, die sie kopfschüttelnd anschauten. Sie sah, wie sie davongingen.

Nein! Diesmal kam die Antwort aus dem Innersten ihres Wesens.

Blinzelnd öffnete sie die Augen. „Niemals!“, rief sie laut und deutlich. „Das ist nicht, was ich will! Ich bin nicht wie Sie, Maggie! Sie täuschen sich!“ Wütend streckte sie die Hände nach Maggie aus und schleuderte einen weiteren Feuerball direkt auf ihr Herz.

Maggie heulte auf und war durch das Feuer eine Sekunde lang abgelenkt. Befreit von ihrem Zauber gehorchte die Kristallkugel wieder der Schwerkraft. Mit lautem Krachen donnerte sie auf den gefrorenen Boden und zersprang in tausend winzige Stücke.

„Meine Macht!", kreischte Maggie, als goldener Sternenstaub in einer Spirale in den Himmel hinaufwirbelte. „Mein Sternenstaub!"

Vor den Augen der Mädchen begann sie sich zu verwandeln. Graue Strähnen zogen sich plötzlich durch ihr dunkles Haar, ihr gerader Rücken bog sich, bis sie einen Buckel hatte. Hände wie Klauen griffen hilflos Richtung Himmel. „Mein

Sternenstaub“, wimmerte sie. Ihr Blick war auf Lucy gerichtet, die hinuntergeflogen kam, um sich Maggie zu stellen. „Du hast meinen Sternenstaub gestohlen.“

„Nein“, erwiderte Lucy. „Er hat nie Ihnen gehört, darum konnte ich ihn auch nicht stehlen. Sie haben ihn anderen Sternenstaub-Elfen weggenommen.“ Sie fühlte sich seltsam ruhig und gelassen. Maggie konnte ihr nun nichts mehr tun, das wusste sie genau.

„Wir hätten so viel gemeinsam erreichen können“, wisperte Maggie.

Lucy schüttelte den Kopf. „Hätten wir nicht.“ In Gedanken sah sie immer noch das Bild, wie die anderen Sternenstaub-Elfen sich von ihr abwandten. Sie wollte keine Macht, wenn das bedeutete, ihre Freunde zu verlieren.

„Ihr werdet mich hier nicht festhalten“, zischte Maggie und wich ein paar Schritte zurück.

„Warum sollten wir das wollen?“, fragte Lucy. „Sie sind für niemanden mehr gefährlich.“

Als Maggie die Wahrheit dieser Worte bewusst

wurde, schien ihr ganzer Körper in sich zusammenzufallen. „Meine Macht“, jammerte sie, drehte sich um und rannte in den Wald.

Alexa, Mara und Eve landeten neben Lucy. „Meinst du, wir sollten ihr folgen?“, fragte Mara.

„Nein“, sagte Lucy. „Die Erwachsenen können sie suchen, wenn sie wollen.“ Sie hockte sich auf den Boden. Auf einmal war ihr ziemlich schummrig zumute. Ihre Schulter schmerzte vom Aufprall des Astes und die Verbrennung an ihrem Arm tat höllisch weh. Wir haben gerade eine Elfe der Dunkelheit besiegt, dachte sie. Warum bin ich nicht glücklich? Doch sie fühlte sich einfach nur leer.

Den anderen ging es offensichtlich nicht so. Alexas Augen funkelten vor Begeisterung. „Oh, wow! Ich kann kaum glauben, dass wir es geschafft haben, die Kristallkugel zu zerbrechen!“

„Wir haben eine Elfe der Dunkelheit besiegt!“, jubelte Eve. „Wir ganz allein!“

„Das war unglaublich“, lächelte Mara. „So zusammenzuarbeiten ist einfach fantastisch.“

Alexa und Eve nickten.

Eve bemerkte, dass Lucy sich nicht beteiligte. „Lucy? Alles in Ordnung? Soll ich die Verbrennung an deinem Arm heilen?“

Lucy nickte. Eve legte eine Hand über die Wunde. „Heilkraft, komm herbei!“, flüsterte sie.

Lucy spürte, wie die Hitze die beschädigte Haut verließ. „Danke“, sagte sie, als die Wunde vor ihren Augen verschwand. „Könntest du meine Schulter auch noch richten? Ich bin von einem Ast getroffen worden.“

Eve nickte. Als Lucys Schulter geheilt war, sah Eve sie an. „Besser?“

„Auf jeden Fall.“ Lucy stand auf. Innen drin allerdings fühlte sie sich immer noch komisch.

Da war ein Rauschen in der Luft über ihnen zu vernehmen und kurz darauf tauchten Xanthe, Rebecca, Tom und Adam auf der Lichtung auf.

„Geht's euch gut? Wir haben Feuerbälle am Himmel gesehen“, fragte Xanthe besorgt.

Alexa grinste. „Mehr als gut. Wart's ab, bis du hörst, was wir gerade fertig gebracht haben!“

10

Die Erwachsenen hörten staunend zu, als Alexa ihnen alles berichtete.

„Ich würde sagen, das ist Anlass für eine Feier!“, rief Xanthe. „Ich finde, wir sollten ein Festmahl organisieren.“

Rebecca nickte. „Schließlich wird nicht jeden Tag eine Elfe der Dunkelheit besiegt.“

„Sollen wir Maggie verfolgen?“, wollte Tom wissen.

„Nein“, antwortete Xanthe. „Ihre Macht hat sie verlassen. Bestimmt wird sie von diesem Ort fliehen und nie mehr zurückkommen. Lasst uns zur Lichtung fliegen und den anderen erzählen, was passiert ist.“ Auf dem Weg dorthin betrachtete Xanthe Lucy und die anderen stolz. „Ihr habt etwas Großartiges geleistet, meine Lieben. Vier erwachsene Elfen, ausgestattet mit all ihren Zau-

berkräften, hätten Schwierigkeiten gehabt, eine Elfe der Dunkelheit zu besiegen."

„Wir haben es geschafft, indem wir zusammengearbeitet haben", sagte Alexa.

Mara und Eve grinsten glücklich vor sich hin, aber Lucy fiel es immer noch schwer zu lächeln. Sie wollte wirklich glücklich sein, doch nach und nach wurde ihr bewusst, was sie getan hatte. Sie selbst und die anderen hätten sterben können, nur weil sie Meg unbedingt verfolgen wollte. Wenn ihnen irgendetwas zugestoßen wäre, dann wäre es ganz alleine ihre Schuld gewesen. Sie hätte tun sollen, was Alexa gesagt hatte: Hilfe bei den Erwachsenen holen. Warum hatte sie das nicht getan? Warum hatte sie darauf bestanden, alleine loszuziehen?

Weil ich mich stark und mächtig gefühlt habe, dachte sie. Weil ich geglaubt habe, alles zu schaffen.

Sie zitterte. Wenn die anderen nicht rechtzeitig gekommen wären, hätte Maggie auch ihren Sternenstaub gestohlen. Ich war so dumm, dachte sie.

Plötzlich bemerkte Lucy, dass sie beobachtet wurde. Sie drehte sich um. Xanthe sah sie mit fragendem Gesichtsausdruck an. In der Hoffnung, dass Xanthe nicht ihre Gedanken lesen konnte, lächelte Lucy sie hastig an und flog weiter.

Die anderen Sternenstaub-Elfen waren sehr beeindruckt, als sie hörten, was passiert war. Bald liefen die ersten Vorbereitungen für das Sternenstaub-Fest. Während alle eifrig damit beschäftigt waren, die Lichtung mit Girlanden aus Blättern zu schmücken, Tische aus riesigen Baumstämmen aufzustellen und Essen von zu Hause zu holen, blieb Lucy für sich. Xanthe kam zu ihr herübergeflogen.

„Alles in Ordnung?“, fragte sie sanft.

„Mir geht’s gut“, antwortete Lucy.

Xanthe tätschelte ihren Arm. „Du und die anderen, ihr habt schon so viel erlebt, seit ihr Sternenstaub-Elfen geworden seid. Du solltest wirklich stolz sein auf das, was ihr heute erreicht habt.“

Lucy schluckte. Dann konnte sie die Worte nicht länger zurückhalten. „Nein, sollte ich nicht. Ich hätte die Katze niemals verfolgen dürfen. Wenn den anderen etwas zugestoßen wäre, wäre es allein meine Schuld gewesen.“ Sie biss sich auf die Unterlippe. „Sie haben versucht, mich aufzuhalten, aber ich wollte nicht auf sie hören.“

Xanthe seufzte. „Ach, Lucy. Es stimmt, dass du besser nicht hinterhergeflogen wärst. Doch was nützt es, sich deshalb jetzt Vorwürfe zu machen. Lerne einfach aus dem, was passiert ist, und sei in Zukunft vorsichtiger. Lass dich nie wieder so sehr von Macht blenden, dass du vergisst, auf deine Freunde zu hören." Sie sah Lucy aufmerksam an. „Aber ist das *alles*, was dich beschäftigt?"

Lucy zögerte einen Moment. Es gab noch etwas anderes. Etwas, wofür sie sich so schämte, dass sie nicht einmal daran zu denken wagte. Sie blickte in Xanthes verständnisvolle Augen und die Wahrheit sprudelte heraus. „Maggie hat gesagt, ich sei wie sie", flüsterte sie heiser. „Sie hat gesagt, ich will Macht. Sie hat mich aufgefordert, mich mit ihr zusammenzutun und ich …" Lucy schluckte wieder, doch sie zwang sich, Xanthe die ganze Wahrheit zu sagen. „Und ich hätte es beinahe gewollt."

„Beinahe", sagte Xanthe leise. „Aber doch nicht wirklich. Und darin unterscheidest du dich von Maggie. Du hast deine Freunde der Macht vorgezogen." Sie drückte liebevoll Lucys Schulter. „Die Grenze zwischen Gut und Böse, Lucy, ist ein schmaler Grat. So viel Kraft wie du hast, wirst du auf diesem Grat dein ganzes Leben lang wandeln müssen. Es wird nicht leicht sein." Sie machte eine Pause und ihre Stimme wurde noch leiser. „Glaub mir, ich weiß, wovon ich spreche."

Und auf einmal begriff Lucy, dass das die Wahrheit war. In Xanthes Blick lag so viel Kraft, mindestens so viel wie in Maggies. Lucy blinzelte und merkte, wie ihr ein Stein vom Herzen viel. Sie war nicht allein. Xanthe musste die gleichen Entscheidungen treffen wie sie jetzt auch und sie hatte sich richtig entschieden. Wenn sie es kann, dann kann ich es auch, dachte Lucy entschlossen.

Sie seufzte erleichtert.

„Macht zu besitzen ist wunderbar." Xanthes Stimme war voller Verständnis. „Aber nicht, wenn sie dich dazu bringt, immer nur noch mehr Macht zu wollen. Und nicht, wenn es dich deine Freunde kostet. Freunde sind so wichtig, Lucy. Nicht nur, weil Freundschaften wertvoll sind, sondern auch weil wir stärker sind, wenn wir als Team arbeiten. Stärker als einer allein. Und das liegt nicht nur daran, dass wir unterschiedliche Zauberkräfte haben, sondern unterschiedliche Köpfe und unterschiedliche Stärken. Vier, die so zusammenarbeiten wie du und Alexa und Mara und Eve heute, werden immer stärker sein als einer allein. Vergiss das nicht."

Lucy nickte. Sie wusste, dass sie es sich merken würde. „Danke!" Sie schüttelte den Kopf. „Ich kann es immer noch nicht fassen, dass Maggie die Elfe der Dunkelheit war." Ein Gedanke schoss ihr durch den Kopf. „Und was passiert jetzt mit dem Sternenstaub, der in der Kristallkugel gefangen war? Fliegt er hinauf zu den Sternen?"

„Nein", antwortete Xanthe. „Jetzt, wo er wieder frei ist, wird er zu den Menschen zurückkehren, denen er gestohlen wurde."

Lucy legte die Stirn in Falten. „Miss Graves hat immer nach ihrem Staub gefragt. Könnte es sein, dass sie von Sternenstaub gesprochen hat? Vielleicht war sie eine der Sternenstaub-Elfen, denen Maggie den Sternenstaub gestohlen hat."

Xanthe blickte nachdenklich rein. „Vielleicht. Ich sollte wohl besser mal nachsehen gehen. Möchtest du mitkommen?"

„Ja, bitte", antwortete Lucy.

Als Alexa hörte, dass sie zu Miss Graves flogen, wollte sie auch mitkommen. So machten sie sich zu dritt auf den Weg. Als sie das Lavender Cottage erreichten, entdeckte Lucy keine Spur mehr von Maggies Sachen. Es schien, als wäre sie tatsächlich weg.

Für immer, dachte Lucy erleichtert, der Xanthes Worte wieder einfielen.

Sie flogen hinauf zu den Schlafzimmerfenstern. Die ersten beiden Zimmer waren leer, doch das Fenster des dritten Zimmers stand einen Spalt breit offen. Drinnen sahen sie Miss Graves im Bett liegen.

„Geht es ihr gut?“, flüsterte Alexa Xanthe zu.

„Ja“, entgegnete Xanthe, die Augen auf Miss Graves geheftet. „Es geht ihr gut. Sie schläft bloß.“

Während sie sprach, flatterten Miss Graves’ Lider.

Lucy wollte sich gerade tarnen, doch zu ihrer Überraschung hielt Xanthe sie zurück. „Nein, tarnt euch nicht“, sagte sie. Ihr Blick war unverändert auf das Gesicht der alten Dame gerichtet.

Miss Graves öffnete die Augen. Sie sah zum Fenster. „Fliegende Leute“, sagte sie und schien verwirrt. „Leute, die draußen herumfliegen.“ Sie rieb sich mit der Hand übers Gesicht. „Ich träume wohl.“ Sie blinzelte und dann plötzlich schien es, als wäre ihr etwas eingefallen. Sie sah sie gebannt an. „Nein, nein, ich träume nicht.“ Ihre Stimme war nun wesentlich fester. „Ihr seid Sternenstaub-Elfen.“

Ein Lächeln breitete sich auf Xanthes Gesicht aus. „Ja“, sagte sie, öffnete mit Hilfe eines Zaubers das Fenster ganz und flog hinein. Alexa und Lucy sahen sich an, dann folgten sie ihr. Miss Graves betrachtete sie verwundert.

„Erinnern sie sich jetzt?“, fragte Xanthe.

Miss Graves nickte. „Ja, das tue ich. Ich war auch eine Sternenstaub-Elfe, doch dann“, sie schien zu frösteln und ein verängstigter Ausdruck huschte über ihr Gesicht, „dann kam Maggie.“ Sie flüsterte den Namen bloß.

„Erzählen Sie uns, was passiert ist“, ermunterte Xanthe sie sanft.

Miss Graves rieb sich die Stirn. „Mein Gedächtnis ist ein bisschen durcheinander. Ich erinnere mich daran, dass ich mir vor ein paar Jahren den Knöchel gebrochen habe. Da brauchte ich jemand, der sich um mich kümmert. Maggie bewarb sich um die Stelle. Zuerst schien sie sehr nett zu sein, aber dann ...“ Sie schüttelte den Kopf, als sei die Erinnerung zu schmerzhaft. „Dann hat sie meinen Sternenstaub gestohlen. Seither kann ich mich nur noch an wenig erinnern. Ich weiß noch, dass wir von einem Haus zum nächsten gezogen sind, während ich mich immer schwächer gefühlt habe – und immer verwirrter wurde.“

„Das war ein Teil von Maggies Zauber“, sagte Xanthe ernst. „Sie muss Sie verzaubert haben, damit Sie vergessen, je eine Sternenstaub-Elfe gewesen zu sein. Sich um Sie zu kümmern, war Maggies perfekte Tarnung. So konnte sie kommen und gehen, wie sie wollte, und mit Ihnen in ein anderes Heim ziehen, wenn sie neue Sternen-

staub-Elfen fangen wollte. Und Sie konnten sich nicht beschweren, weil Sie unter ihrem Bann standen."

„Ich hatte vergessen, dass ich eine Sternenstaub-Elfe bin. Ich habe nur gespürt, dass ich etwas verloren habe", sagte Miss Graves.

Auf einmal bemerkte Lucy, dass – obwohl Miss Graves immer noch eine alte Dame war – ihre einst so blassen Augen jetzt funkelten, ihre Haut weniger faltig schien und sie aufrechter im Bett saß.

„Ich weiß noch, wie es war, mit den Sternen zu tanzen“, murmelte Miss Graves verträumt, als könne sie Bilder in ihren Gedanken sehen. „Ich erinnere mich daran, wie sich der Wind in meinem Haar angefühlt hat. Meine Freunde ringsherum. Ich weiß noch, wie wir uns um den Wald gekümmert und gezaubert haben.“ Sie brach ab und sah Xanthe an. Plötzlich zitterte ihre Stimme. „Werde ich mich je wieder in eine Sternenstaub-Elfe verwandeln können?“, fragte sie.

Lucy hielt den Atem an, während sie auf Xanthes Antwort wartete.

Xanthe ergriff Miss Graves’ Hand und lächelte. „Wenn Sie an Sternenstaub glauben“, sagte sie leise.

„Oh, ich glaube an Sternenstaub“, erwiderte Miss Graves. Sie schob die Bettdecke zurück und stand auf. „Ich glaube an Sternenstaub.“ Sie sah sie der Reihe nach an und blickte dann aus dem Fenster. *„Ich glaube an Sternenstaub!“*

Als das letzte Wort über ihre Lippen kam, schien Miss Graves’ Körper sich in funkelndes Licht aufzulösen und im nächsten Moment schwebte sie in der Luft. Ihr graues Haar hatte sich aus dem Knoten gelöst und ein grünes Kleid – das Zeichen der Frühlingselfen – flatterte um sie herum.

Ihr Gesicht strahlte. „Ich bin wieder eine Sternenstaub-Elfe!"

Xanthe flog hinauf und nahm sie bei der Hand. „Kommen Sie mit. Fliegen Sie mit uns."

Miss Graves lächelte. „Das werde ich."

Und damit flogen alle vier aus dem Fenster und ließen das Lavender Cottage hinter sich zurück. Unter ihnen glitten die Felder vorbei und schließlich erreichten sie den Wald.

Lucy sah hinüber zu Alexa. Ihre Augen funkelten und sie lächelte Lucy glücklich an.

Als sie die Lichtung erreichten, war dort schon alles für die Feierlichkeiten vorbereitet. Auf den Tischen türmte sich das Essen, Girlanden aus roten, goldenen und orangefarbenen Blättern schmückten die Lichtung. Und tausend kleine Glühwürmchen erleuchteten alles wie winzige Sterne. Mara und Eve halfen gerade bei den letzten Essensvorbereitungen. Als sie Miss Graves entdeckten, hielten sie kurz inne. Dann winkten sie ihnen aufgeregt zu. Alexa flog in einem Bogen hinunter zu ihnen und begann sofort alles zu erklären. Xanthe und Miss Graves folgten ihr.

Lucy jedoch blieb ein Stück zurück. Nur für ein paar Minuten wollte sie alles aus der Distanz betrachten.

Sie flog hinüber zur Erle und setzte sich in eine Astgabel. Genau unter diesem Baum hatte sie gekauert, als sie zum ersten Mal entdeckt hatte, dass sie Dinge am Fallen hindern konnte. Die verbliebenen Erlenblätter über ihr zitterten. Hoch über ihnen strahlte Regulus am Himmel. Während Lucy sich auf der Lichtung umsah, spürte sie seine Magie um sich herum knistern. Ein intensives Glücksgefühl breitete sich in ihr aus. Sie wollte nicht die Macht aller vier Königlichen Sterne. Sie wollte nur eine Sommerelfe sein und Spaß mit ihren Freundinnen haben.

Unter sich sah sie, wie Alexa, Mara und Eve sich gegenseitig über die Lichtung jagten.

Xanthe hat Recht, dachte sie. Wir haben schon so viel erlebt, seit wir Sternenstaub-Elfen geworden sind.

Ihre Freundinnen winkten ihr zu.

„Komm schon, Lucy“, rief Alexa zu ihr hinauf. „Wir spielen Fangen!“

„Ich komme!“, rief Lucy zurück. Sie lächelte. Was wir wohl als Nächstes erleben werden?, dachte sie.

Die Erlenblätter erzitterten. „Noch viel, viel, viel mehr“, flüsterten sie, als Lucy hinunterflog.

Stardust

Linda Chapman
Geheimnis im Mondschein
ISBN 978-3-440-10573-3

Die neunjährige Lucy ist überglücklich, als sie in der neuen Nachbarin Alexa eine Freundin findet. Doch Alexa offenbart Lucy schon bald ihr Geheimnis: Jede Nacht verwandelt sie sich in eine Sternenstaub-Elfe und fliegt in den Sternenhimmel. Lucy kann es kaum glauben. Und wie groß ist erst ihre Überraschung, als sie entdeckt, dass sie selbst die Kraft des Sternenstaubs in sich trägt! Die Welt der Magie nimmt sie in ihren Bann und eröffnet ihr eine Fülle von unglaublichen Abenteuern ...

Elfenzauber
978-3-440-10574-0

Der Zauberschwur
978-3-440-10654-9

Die magische Katze
978-3-440-10729-4

Magische Ferien
978-3-440-10730-0

Geheime Zaubermacht
978-3-440-11090-4

Nacht der Sommerelfe
978-3-440-10731-7

Lucys geheimes Elfenbuch
978-3-440-11137-6

Jeder Band
mit 128 Seiten
Je €/D 7,95

Preisänderung vorbehalten

www.kosmos.de